Regresja

Juan Martin Sanchez

Tytuł oryginału angielskiego: Regression.

Projekt graficzny: Andrea Luz Sanchez.
andrealuzsanchezbogado@gmail.com

Korekta i pomoc w tłumaczeniu: Beata Demska

beata.demska@gmail.com

ISBN 978-83-65997-73-9

Inne książki tego samego autora, dostępne online:

Love in the Time of the Internet

Tribulations of People in the World

Second Chances

Stories of Love, Society and Madness.

Strona autora: www.literaryechoes.com

Dla tych, którzy odważą się marzyć

o lepszej przyszłości

i dla tych, których pragmatyzm

już dziś buduje lepszą przyszłość

dla nas wszystkich.

Wstęp

(Dźwięk mikrofalowego promieniowania tła jest słyszalny przez pięć sekund, jakby ktoś dostrajał się do stacji. Dźwięk stopniowo zanika, gdy narrator mówi.)

Jest rok cztery tysiące trzysta pięćdziesiąty pierwszy. Kiedy nagrywamy powieści, piszemy dziś cyfry literami; nie mieszamy matematyki z literaturą. Nie będzie też obszernego wstępu, gdzie ktoś się obudzi, zakładając kapcie i zaparzając sobie kawę, tylko po to, abyście stopniowo zorientowali się, że jego kawa nie jest zwykłą kawą, tylko futurystyczną. Od samego początku powiem wam, że żyjemy w świecie, który nazwalibyście utopijnym. Zakładając, że jesteście ciekawi, gdyż wybraliście tę książkę z pośród wszystkich zmysłowych zajęć swojej epoki, prawdopodobnie już zadaliście sobie dwa nieuniknione pytania: Jak to się dzieje, że zwracam się do odbiorców z przeszłości? Lub, z waszego punktu widzenia: jak to się dzieje, że nagrywam do was z przyszłości? A po drugie: Czy stworzenie utopii zajmuje więcej niż dwa tysiące lat? Dla niektórych może to wydawać się za długim okresem czasu, zanim ludzkość wyrwała się ze swojej głupoty, podczas gdy dla innych ulgą jest świadomość, że człowiek uniknął samozagłady i że w końcu nauczył się żyć w harmonii ze sobą i środowiskiem.

Aby zacząć odpowiadać na wasze pierwsze pytanie muszę wam powiedzieć, że nie ma równoległych wszechświatów. Muszę też przeprosić, jeśli ton mojego pisania jest paternalistyczny, ale nie jestem szczególnie oswojony z zadaniem, które zostało mi powierzone: retroinstrukcji. W prostych słowach oznacza to ingerowanie w przeszłość w nieinwazyjny sposób, abyśmy mogli ulepszyć naszą teraźniejszość. To prawie donkiszotowski pomysł, ponieważ trzeba włożyć zbyt wiele wysiłku, aby uzyskać minimalne rezultaty. Dzięki tej metodzie, udało się uniknąć kilku katastrof atomowych, mimo że nie ma prawie nic, co możecie zrobić w waszym czasie, czego nasza technologia nie może naprawić. Ewolucja to siła, której nie można opanować, a celem tej powieści jest po prostu wam to pokazać. Zatem teoria wszechświatów równoległych jest tylko kolejnym pudłem w ludzkich koncepcjach: czasami zbyt porywa nas nasza wyobraźnia. Nawet logicznie rzecz biorąc, nie ma mowy, aby istniało wiele wszechświatów lub multiwersów,

a nawet gdyby istniały, każdy byłby pojedynczym wszechświatem, oddzielonym od reszty, co oznacza, że ostatecznie nie ma to znaczenia dla nas. Wystarczy nam że musimy sobie radzić z naszą rzeczywistością, by dodatkowo obciążać się nieprawdopodobnymi hipotezami, które nie mają wpływu na naszą rzeczywistość. Nie ma mowy, aby inne wszechświaty, jeśli istnieją, mogły połączyć się z naszym, a gdyby okazało się, że są wszechświaty równoległe, po prostu stałyby się one częścią naszego wszechświata i przestałyby być samodzielne, ponieważ jego logiczna koncepcja jest taka, że jest on tylko jeden. Dość tego fałszywego paradoksu, tak popularnego w waszych czasach.

Kiedy odrzucimy ideę wieloświatów, możemy zacząć rozumieć jak się z wami komunikuję, czyli w jaki sposób książka z przyszłości jest dostępna w waszej sieci. Żeby to dokładnie wyjaśnić zajęłoby kolejną książkę, której na razie nie jesteście w stanie pojąć intelektualnie, ale wytłumaczę to o ile się da, a potem przejdziemy do powieści. Wybrano format powieści, ponieważ jest popularny w waszych czasach. Znajdujecie się w empatycznym okresie ewolucji, w którym intelekt jest nieustannie sabotowany przez emocje, więc powieści są dobrym sposobem na pokazanie wam czegoś istotnego w taki sposób, żeby nie było podważane przez wasze uwarunkowane uczucia.

Tak więc, czas jest kontinuum, w którym współistnieją informacje z naszej teraźniejszości, tak jak obserwacje zmysłowe: to, co widzimy, słyszymy, czujemy teraz. Są też informacje z naszej przeszłości, jak i zapisy i wspomnienia, oraz informacje z przyszłości, tak jak przewidywania i spekulacje. Teraz w grę wchodzi perspektywa. Im bardziej zbliżamy się do naszej teraźniejszości, tym mniej wiarygodne są informacje, ponieważ nie mamy żadnej perspektywy. Stoimy w miejscu wydarzenia; jesteśmy jego częścią, więc logicznie rzecz biorąc, nie możemy tego analizować, ponieważ sama jego analiza zmieniłaby jego naturę, tak samo jak pomiar elektronu zmienia jego ładunek. Zasadniczo nie możemy ufać temu, co widzimy teraz, ale możemy ufać temu, co widzieliśmy w przeszłości i temu, co zobaczymy w przyszłości. Jednak patrzenie w przyszłość jest trochę trudniejsze. Do zaglądania wstecz potrzebujemy tylko niezawodnych metod zapisu, które już istnieją w waszej epoce. Dzięki waszej obecnej technologii informacje można zachować w nienaruszonym stanie na zawsze. Jednak aby spoglądać w przyszłość potrzebne jest dobre narzędzie obserwacyjne, niezawodny wziernik. Najbardziej zaawansowanym narzędziem, jakim dysponujemy, nawet do tej pory, jest nasz mózg, więc wykorzystaliśmy go. Czasami zdarzają się wielkie skoki w ewolucji mentalnej dokonywane przez jednostki, ale te wyewoluowane, indywidualne myśli giną w nieprzyswajalnym społeczeństwie; co powszechnie określa się jako: wyprzedzanie swoich czasów. W ten sposób niektórzy z waszych intelektualistów podświadomie pozostawili w waszej sieci informacyjnej sprzężenia zwrotne, które mają częstotliwości i amplitudy, z którymi musimy się zsynchronizować, jeśli chcemy przesłać jakiekolwiek informacje. Co oznacza że nie możemy wysłać dowolnej informacji, gdyż trzeba szanować język i intencję. Włamujemy się do każdego dzieła literackiego z idealnym formatem dla naszego przekazu. W tym przypadku znaleźliśmy powieść science fiction zatytułowaną „Regresja," która ma kilka dokładnych wglądów w przyszłość i którą w zasadzie nadpisuję. To złożony proces synchronizacji w celu osiągnięcia spójności; trochę jak aranżowanie utworu poprzez manipulowanie melodią. Dlatego tak ważne było przede wszystkim znalezienie dobrej książki. Jak wspomniałem, format powieści jest najskuteczniejszy, ponieważ jest tak wszechobecny w waszych czasach i jest to najbardziej rozwinięta intelektualnie forma wypowiedzi, jaką w tej chwili macie, więc dostosowałem do niego moje przesłanie.

Aby wyjaśnić, jak działa ten proces nadpisywania, muszę przypomnieć, że pamięć jest bardzo plastyczna. Ogólnie rzecz biorąc, pamiętamy wspomnienia wspomnień, dopóki nie możemy faktycznie zmienić naszej przeszłości poprzez pamiętanie. Słowa, które myśli pisarz, nabierają nowego znaczenia, gdy znajdują się na stronie. Autor rzadko pamięta to, co napisał podczas tego transu, choć pamięta, o czym pisał. I tu ma miejsce moja ingerencja. Motyw i temat pisania są takie same, ale rzetelność informacji jest podana przeze mnie. Powszechnie nazywa się to natchnieniem, ale nie należy go mylić z inspiracją wyobrażonego boga. Bogowie i proroctwa byli tylko wymysłem na użytek ludzi, którzy znali mechanikę pisania i rozumieli nieuchwytną naturę pamięci. Może omówię religię w dalszej części, ale na razie wystarczy powiedzieć, że dzisiejsze społeczeństwo jest w stu procentach agnostycznym: nie wiemy i nigdy nie dowiemy się o rzeczach, których nie widzimy, chociaż możemy spekulować i teoretyzować metafizycznie.

Proces nadpisywania rozpoczyna się w momencie, gdy pisarz umieszcza swoją książkę w internecie; istniejące rękopisy pozostają niezmienione. Można manipulować tylko formatem cyfrowym, co jest kolejnym ograniczeniem naszej pracy nadpisującej. Jeśli książka jest opublikowana zarówno online, jak i offline, wersje współistnieją jako różne wydania. Dlatego nie zmieniamy tekstów, których oryginały istniały masowo w formie pisemnej w momencie ich publikacji online. Pisarz może zostać oszukany przez ten proces pamięci wstecznej i uwierzyć, że jest autorem książki, ale nie możemy oszukać osób trzecich, które zinterpretowały i przeanalizowały książkę. Ponownie, jest to kwestia perspektywy: łatwiej jest być obiektywnym, gdy patrzymy, jak ktoś coś robi, niż gdy my to robimy. W pewnym sensie moglibyśmy powiedzieć, że całe nasze życie jest transem i rzadko wyrywamy się z niego, aby właściwie je przeanalizować poprzez obiektywne myślenie. Generalnie najpierw działamy, a wspomnienia tworzymy później, kiedy śpimy albo przypominamy. Dzisiaj bardzo łatwo jest zmienić czyjeś wspomnienia, wprowadzając wirtualne obrazy podczas snu. Natura pamięci jest tak nieuchwytna, że współcześni psycholodzy uważają ją za jedynie psychiczny konstrukt, sztuczkę, którą nasz umysł stosuje dla zachowania zdrowia psychicznego. Ta sztuczka jest podobna do filmu, który zamiast ciągnąć się w nieskończoność, kończy się w pewnym kulminacyjnym momencie. Obecnie nasz umysł jest w stanie sobie poradzić tylko z precyzyjnie określonymi fragmentami rzeczywistości. Psycholodzy nazywają to zjawiskiem szkła w oceanie. Nasze mózgi potrafią jednocześnie rozróżniać zaledwie niewielkie elementy otaczającego nas świata. Wszakże, ich zdolność jest na tyle potężna, że dzięki niej możemy skupić się na szklance leżącej na dnie oceanu. Potrafimy analizować to, co jest w szklance, ale nie zdołamy pojąć całego oceanu. Dlatego w naszych głowach tworzymy szklanki, gdziekolwiek się da, by być w stanie zrozumieć, co jest w środku naczynia. Wynika to z analitycznej natury naszych mózgów, która ma tendencję do koncentracji myśli. Dziś proponujemy rozpraszanie myśli jako cenniejsze narzędzie do zrozumienia świata i siebie samych.

Idąc dalej, sprzężenie zwrotne jest tylko formą splątania kwantowego. Energia i informacja są ze sobą ściśle powiązane. W zasadzie nie ma możliwości przenoszenia informacji bez energii. Cząsteczki przenoszą informacje w ten sam sposób, w jaki czerwone krwinki transportują tlen do mózgu, tyle że cząsteczki mogą przemieszczać się bardzo szybko i w ten sposób łączyć się z punktami oddalonymi o dwa tysiące lat w ciągu kilku minut. W naszej teraźniejszości jesteśmy uwikłani w przyszłość i dlatego dwukrotnie sprawdzamy wszystkie projekty do tego stopnia, że obniżyliśmy ryzyko niepowodzenia do znikomego procenta. Wciąż pozostaje niewielki procent błędów z powodu nieprzewidywalności natury i możliwych zakłóceń, jakie mogą nastąpić podczas komunikowania się z przyszłością. Maksymalny czas, w którym możemy nawiązać kontakt praktycznie bez zakłóceń, to tysiąc lat, ale przy dzisiejszej technologii możliwy jest nawet upływ dwóch tysięcy lat. Jestem więc przekonany, że otrzymacie tę wiadomość w wystarczająco dogodnych warunkach.

Jak wspomniałem, nagranie to zostało mi powierzone przez światowe autorytety. Czasami niektórzy z nas są wybierani ze względu na dziedziny w których się specjalizują, aby przyczynić się do wstecznej ewolucji. Możliwość komunikowania się z przeszłością oznacza, że niektóre wydarzenia można przewidzieć, to znaczy ludzie z przyszłości mogą przesyłać nam istotne informacje, dzięki czemu jesteśmy świadomi ważnych postępów w nauce i sztuce. Wyjaśnię później, jak to działa, ale na razie wystarczy wiedzieć, że ze względu na przełomowe odkrycie, którego dokonam wkrótce, poproszono mnie o prowadzenie dziennika codziennego życia i pracy, aby móc lepiej wykorzystać moje odkrycie.

Odpowiadając na wasze drugie pytanie: Ludzie nie mogą zniszczyć świata. Mogą i wyniszczają się każdego dnia w waszych czasach, ale autodestrukcyjny instynkt obezwładnia ten destrukcyjny. Spójrzcie tylko na swoje prawa; są ostrzejsze w stosunku do ludzi, którzy krzywdzą swoich bliskich, co oznacza, że ludzie mają tendencję do szkodzenia temu, co jest im najbliższe. W przemocy prawie nie ma przypadkowości. Ludzie nie zabijają dla zabawy, chyba że są chorzy psychicznie. W swoim czasie podążacie we właściwym kierunku w leczeniu chorób psychicznych. Bardzo ważna jest wczesna diagnoza, wraz z leczeniem hormonalnym, aby uzupełnić naturalne niedobory. Wzmocnienie hormonalne i genetyczne było ważnym etapem w naszej ewolucji, dzięki czemu dziś jesteśmy zdrowym gatunkiem żyjącym w zgodzie ze światem. Po przeczytaniu tej powieści nie będziecie mogli zaprzeczyć harmonii, w której żyjemy, ale niektórzy z was być może będą kwestionować jej etyczność. Czy harmonia jest etyczna? O to właśnie chodzi w tej książce: Aby przekonać wasze serca o dobroci harmonii i dlaczego powinniśmy ją przyjąć.

Rozdział pierwszy

„Dla ogromnej większości religijnych osób, niebo i piekło są okolicznością dobra i zła ... krótko mówiąc, właściwe postępowanie jest głównym czynnikiem religii." - Żelazna stopa.

Życie w roku cztery tysiące trzysta pięćdziesiątym nie różni się zbytnio od życia w roku dwu tysięcznym. Człowiek nie zmienił swojego celu, który dzieli z innymi zwierzętami: Pogoń za szczęściem. Tak jak zwierzęta w swoim naturalnym stanie muszą walczyć o życie, tak człowiek musi walczyć o swoje szczęście i dlatego nazywa się to pogonią. Ludzie, podobnie jak zwierzęta, mogą zrzec się prawa do tego dążenia i prowadzić wygodne, domowe życie, pod warunkiem przestrzegania zasad społeczeństwa, które ich zniewala, zmuszając do pracy w zamian za żywność i schronienie. Społeczeństwo w waszych czasach nie odbiega tak bardzo od dzikiej przyrody i właśnie dlatego nadal trzyma się religijnych wierzeń w dusze i innych wymysłów, które oddzielają ich od królestwa zwierząt.

Ludzie pracowali za wikt i opierunek lub pieniądze i inne rzeczy wartościowe, które następnie wymieniali na środki niezbędne by móc przeżyć. Związek między pracą a życiem istniał, ale zgubił się w biurokracji. Niektórzy pomylili środki -pieniądze- z celem -życie-. Zachowywali się więc jak zwierzęta hodowlane, których głównym celem jest tuczenie się lub służalczo słuchanie swoich panów. Dzisiaj nie pracuje się dla pieniędzy, ale dla wolnego czasu, który jest nowym złotym standardem. W ten sposób godziny pracy można było skrócić do dziesięciu tygodniowo, co jest obecną średnią wymiaru czasu pracy. Długość pracy zależy od jej uciążliwości; tak więc są osoby, które mają ciężką pracę i one pracują tylko dwie godziny tygodniowo. Natomiast inni, którzy wykonują przyjemniejsze zajęcie, pracują do dwudziestu, co jest maksymalnym czasem dozwolonym przez prawo.

Na pierwszy rzut oka może to wyglądać trochę jak kapitalizm, w tym sensie, że wydaje się być systemem merytokratycznym, ale tak nie jest. Ludzie wybierają, czy chcą wykonać złożoną czynność, czy prostszą, i nie ma w tym osądu wartościującego, więc nie ma większej wartości w byciu inżynierem niż w byciu ogrodnikiem. Błędny pogląd kapitalizmu polegał na założeniu, że inżynier może zbudować wielu robotów ogrodników, które z kolei mogą zająć się znacznie większą liczbą ogrodów; dlatego inżynier był ważniejszy dla społeczeństwa. Jednakże teraz wiemy lepiej o znaczeniu życia: Robot nigdy nie może zastąpić człowieka, ponieważ nie potrafi myśleć tak, jak człowiek i dlatego nie wniesie tak wiele do społeczeństwa w żadnej dziedzinie. Robota można zaprojektować tylko do wykonywania swoich zadań, podczas gdy człowiek jest po to, by wchodzić w interakcje ze środowiskiem naturalnym i sztucznym, przyczyniając się w ten sposób do dążenia do szczęścia. Robot to wyłącznie pożyteczna maszyna, której zadaniem jest wykonywanie brudnej roboty, której nikt nie chce się podjąć, takiej jak prania, zmywania naczyń i ogólnie sprzątania. Zaś ogrodnictwo jest dla wielu przyjemnym zajęciem, co daje mu wartość rynkową. To oznacza, że w moich czasach, nikt przy zdrowych zmysłach nie deprecjonuje profesji ogrodnika; tak jak nikt dziś nie studiowałby tylko po to, by uzyskać dyplom, który mówi: że się jest mądrzejszym od innych. Dla nas mądre jest właściwe inwestowanie czasu.

Obecny system nazywa się po prostu postkapitalistycznym i opiera się na koncepcji ekonomii współdzielenia, która wystrzeliła około roku dwa tysiące dziewięćdziesiątego, wraz z wyczerpywaniem się zasobów naturalnych Ziemi. Ta koncepcja odróżnia się od komunizmu w prostym fakcie, że nie ma redystrybucji bogactwa, ale w eksploatacji zasobów podejście jest bardziej oparte na współpracy. To raczej wzmocniony kapitalizm niż komunizm. Nikt nie jest zmuszany do niczego ani do rezygnowania z niczego, ponieważ liberalizm jest kluczową wartością społeczeństwa. Mając to na uwadze, dziki kapitalizm i współzależne niszczenie środowiska przestały być problemem, a paradygmat merytokratyczny wyszedł z użycia. Oczywiście prawo podaży i popytu, na którym opiera się kapitalizm, nadal obowiązuje i dlatego bardziej nieprzyjemne lub mniej popularne prace są opłacane większą liczbą godzin wolnego czasu. Mając na uwadze, że żyjemy w ekonomii współdzielenia, musicie zdać sobie sprawę, że większość rzeczy jest dostępna bez limitu za opłatą abonamentową. Wszystko w dzisiejszych czasach odbywa się przez subskrypcje; nie ma nic, co można by kupić za gotówkę. Jeśli pomyślicie o ostatecznym celu kapitalizmu, prawdopodobnie monopol pojawi się w waszych umysłach. Stało się zgodnie z przewidywaniami: wszystkie usługi zostały zmonopolizowane w drugim wieku trzeciego tysiąclecia i zażądano opłaty. Wyobraźcie sobie, że gdybyście kiedykolwiek chcieli coś zjeść, musielibyście zapłacić miesięczną opłatę za zakupy spożywcze w jednej z sieci supermarketów dostępnych w mieście, tak samo jak musicie zapłacić ubezpieczenie, jeśli kiedykolwiek będziecie musieli iść do szpitala. Na początku opłaty te były stosunkowo wysokie, ale ostatecznie obniżyły konsumpcję, aż sytuacja ustabilizowała się w tym, co dziś nazywa się w ekonomii: minimalną niezbędną równowagą, czyli ilością pieniędzy, która pokrywa wszystkie potrzeby konsumpcji przy minimalnej możliwej cenie. Ten stan rzeczy jest logiczny i łatwy do wyobrażenia. Monopol to właściwie dobra rzecz, ponieważ reguluje ceny. Wtedy jedynymi czynnikami są popyt ze strony społeczeństwa i podaż ze strony firm monopolizujących. Aczkolwiek musimy pamiętać, że te firmy składają się również z członków społeczeństwa, którzy są rozsądnymi ludźmi. Oni chcą świadczyć usługi, które są atrakcyjne dla społeczeństwa, ale także dla nich korzystne, więc ograniczają ich zbędność. W ten sposób ekonomia współdzielenia obniżyła konsumpcję, niemniej jednak była to część procesu kulturowego. Ze względów zdrowotnych i etycznych ludzie zaczęli ograniczać korzystanie ze zbędnych produktów, co skorygowało również wypaczenia kapitalizmu. Z czasem podaż i popyt stały się bardziej przewidywalne, więc spekulacji ekonomicznych było mniej: hazard przestał funkcjonować, zarówno jako rozrywka jak i biznes. Stało się tak, ponieważ życie bardziej się ustabilizowało. Spadła ilość konfliktów zbrojnych, śmiertelnych chorób oraz wypadków. Sumienność i odpowiedzialność zaczęły się opłacać, więc hazard został zaniechany. Odwaga nie polegała już na podnoszeniu broni, ale na odnawialnym rolnictwie lub przyczynianiu się do postępu ludzkości. Nasz intelekt był nawet w stanie zapanować nad prymitywnym mózgiem, a kobiety stopniowo przestawały dobierać partnerów według wytrzymałości i testosteronu a zaczęły skłaniać się ku intelektowi i harmonijnemu pięknu. To była ważna zmiana, bo kobiety są selektorami gatunku i w ten sposób kierują ścieżką ewolucyjną. Możemy stwierdzić, że była to również zmiana ewolucyjna.

Nazywam się Efrain Zieliński i mieszkam w posnanskiej metropolii. Jest dziesiąty lutego, przeważnie budzę się około siódmej rano ze wschodem słońca. Wczesny poranek to praktyka, którą świat przyjął, aby nie tracić kontaktu z naturą. Wszystko odbywa się w rytmie dobowym, ponieważ z biegiem czasu ludzie stali się bardziej podatni na depresję i choroby psychiczne. Ciemne miejsca na Ziemi stopniowo się wyludniały, a dzięki zbilansowanej diecie byliśmy w stanie zrównoważyć wadę ewolucji: nadwrażliwość. Polska jest obecnie znacznie cieplejsza niż dwa tysiące lat temu, więc dzisiaj cieszymy się dwudziestoma pięcioma stopniami Celsjusza. Kraj ten jest jednak jednym z najciemniejszych, nadających się do zamieszkania miejsc na Ziemi, więc z niechlubną dumą znajdujemy się w pierwszej dziesiątce rankingu zaburzeń psychicznych. Właściwie leczone, nie stanowią jednak zagrożenia ani upośledzenia dla jednostki. Nie dolegają mi żadne zaburzenia, ale znam kilka osób, które mają je tylko formalnie, ponieważ dzięki prostemu leczeniu prowadzą zupełnie normalne życie. Jeśli chodzi o choroby fizyczne, genetyka dokonała cudu i wyeliminowała wady wrodzone; szczepionki i profilaktyka zneutralizowały również choroby wirusowe i bakteryjne. Ale w kwestiach psychicznych nie chcemy tak bardzo ingerować, a poza tym genetyka wciąż nie jest na tyle zaawansowana, by móc manipulować mózgiem. W tym sensie pozwalamy na naturalną ewolucję i po prostu leczymy ewentualne zaburzenia w możliwie najbardziej naturalny sposób; ponieważ organiczność jest wartością potwierdzoną naukowo.

Pracuję od poniedziałku do piątku od jedenastej do trzynastej. Jestem weterynarzem, bo lubię zwierzęta, szczególnie konie. Pracuję w ujeżdżalni pod Posnaniem, więc mam pięć minut dojazdów pływakiem w jedną stronę. Wyjaśnię później, czym są pływaki. Samochody zostały usunięte z metropolii już od ponad półtora tysiąclecia, więc transport publiczny naprawdę się poprawił. Większość przejazdów po mieście nie zajmuje więcej niż pięć minut. W innych krajach istnieje kilka megamiast, z ich zaletami i wadami, ale w większości Europy populacja jest równomiernie rozłożona. Na przykład, obszar metropolitalny Posnania zamieszkuje około dwóch milionów ludzi.

Tresura koni nie jest już formą okrucieństwa. Konie są używane jedynie do jazdy konnej i hipoterapii a ich trenowanie jest podobne do szkolenia psów. Nie stosuje się przemocy, a dobro konia jest zawsze priorytetem. Ogólnie zwierzęta są pod ścisłą kontrolą. Zoologia i weterynaria rozwinęły się w ostatnim tysiącleciu do tego stopnia, że od dawna gatunki nie wymierają. Rezerwaty są utrzymywane w nienaruszonym stanie, więc ludzie mogą odwiedzać zwierzęta w ich naturalnym środowisku, a dla zwierząt hodowlanych musieliśmy stworzyć sposób na utrzymanie ich przy życiu bez eksploatacji.

Prawdopodobnie nie jest dla was zaskoczeniem, że świat stał się wegański. Dokonano tego głównie ze względu na znaczenie, jakie nabrała zdrowa dieta, ale także dlatego, że ludzie stali się coraz bardziej niechętni do spożywania żywności z zabitych istot lub produktów pochodzenia zwierzęcego. Zwierzęta hodowlane są faktycznie umieszczane w rezerwatach w pobliżu miast, gdzie żyją w stanie półdzikim. Ludzie którzy mają środki trzymają tę zwierzęta w domu. Nikt nie tęskni za mięsem ani nabiałem, ponieważ trudno tęsknić za czymś, czego nigdy się nie próbowało. Pamiętam, że kiedyś czytałem, że żeberka wołowe czy wieprzowe, tak samo jak alkohol czy pikle, były nabytymi smakami, którego dzieci nie lubiły na początku, ale potem jako dorosłe pokochały. Podział między prawami zwierząt i człowieka został zastąpiony przez bardziej holistyczne prawo, które dotyczy ogólnie przyrody. Nawet rośliny mają dziś prawa. Jednak kiedy mówimy o prawach, nie kojarzymy ich od razu z karą. Istnieją kary, ale żadna z nich nie jest niezgodna z prawem, co oznacza, że żadna z nich nie pociąga za sobą szkody dla jednostki. Więzienie zostało zatem zniesione, ponieważ istnieją bardziej ekonomiczne i konstruktywne sposoby karania działań uznanych za niewłaściwe. Przede wszystkim zasada relatywizmu dotyczy każdej kary. Jesteśmy świadomi, że moralność się zmienia; historia tego dowiodła. Religie przestały być źródłem mądrości etycznej, więc jesteśmy teraz bardziej obiektywni. Nie ma uniwersaliów, jeśli chodzi o prawa moralne, tylko jest celowość. Pragniemy pewnego rodzaju zachowania, które sprzyja harmonii i ewolucji, ale dopuszczamy odstępstwa. Przyjmujemy heterogeniczność, ponieważ prowadzi ona do skoków w ewolucji. Podam jasny przykład: Rośliny, jak każda żywa istota, mają prawo do nieprzerwanego wypełniania swojego cyklu biologicznego, z wyjątkiem sytuacji, gdy są wykorzystywane do tworzenia produktów spożywczych lub użytkowych. To prawo podstawowo oznacza, że ludzie nie mogą ozdabiać swoich domów martwymi roślinami, tak jak nie mogą zabijać zwierząt dla sportu. Jednak, zgodnie z zasadą względności ktoś, kto to robi, zostaje uznany za dewianta, ale nie narusza prawa. Jak wspomniałem wcześniej, dewiacja jest dobrze postrzegana przez społeczeństwo, ale musi być trzymana pod nadzorem. Dozwolona jest kwota dewiacyjnych potrzeb, zgodnie z arystotelesowską filozofią złotego środka. Kwota ta ma charakter jakościowy, co w praktyce oznacza karę za skorzystanie z prawa do dewiacji. Na przykład, jeśli ktoś ma skłonność do zabijania kwiatów, aby udekorować swój dom lub ofiarować swoim bliskim jako wyraz uczucia, musi zasadzić nowe rośliny lub po prostu zapłacić podatek za zasadzenie nowych. Ponieważ wszystko jest w abonamencie, dodatkowy podatek to po prostu więcej godzin pracy w miesiącu. Tak więc, trochę więcej pracy miesięcznie daje ludziom określoną ilość martwych kwiatów na miesiąc. Tego rodzaju dewiacyjne zakupy są w konsekwencji dokonywane na żądanie. Kwiaciarnie zazwyczaj sprzedają żywe kwiaty, ale jeśli ktoś potrzebuje i za to płaci odpowiednią sumę, przycinają je dla nich.

Obecnie jestem na wakacjach, więc mam dużo wolnego czasu na nagrywanie tej powieści. Tęskniłbym za końmi, gdybym został w domu lub wyjechał, więc wynająłem domek w pobliżu ujeżdżalni i czasami składam tam wizytę. Pomaga mi to uzyskać jasność umysłu potrzebną do pisania tych stron.

Rozdział drugi

Erin, jak zwykle, zaparzyła dziś kawę, mimo iż rzadko ją pije. Nie zacznę teraz wykładu o działaniu kawy na zdrowie; wystarczy powiedzieć, że jest dobra jeśli właściwie spożywana, jak wszystko inne w naturze. Nie chodzi o to, że nie wiem, jak przygotować własną kawę, ale Erin po prostu cieszy się, że robi to dla mnie, a ja się nie sprzeciwiam. Tylko by pokazać wam, że żyjemy dziś stosunkowo normalnie, jeśli za normę przyjmujemy standardy waszej epoki. Niewiele się zmieniło w tkankach społecznych, ale wszystko potoczyło się naturalnie; ewolucja nie radzi sobie zbyt dobrze z narzucaniem i zawsze znajduje sposób omijania przeszkód.

Jesteśmy małżeństwem od dwóch lat. Związki trwają średnio rok, zanim ludzie zdecydują się na małżeństwo lub nie. Nikt nie lubi przedłużać relacji i dawać fałszywych nadziei swoim partnerom. W dzisiejszych czasach jeden rok jest punktem przełomowym, a pierwsza rocznica jakiegokolwiek związku to wielka sprawa. Żartujemy, że w dzisiejszych czasach każdy ma ADHD, bo lubimy krótkie i słodkie rzeczy. Życie jest zbyt krótkie, jeśli pomyślimy o wszystkich możliwych ścieżkach: o wszystkich sposobach, jakie możemy wybrać, aby się rozwijać. Ale małżeństwo to inna sprawa. Ewolucja implikuje rozmnażanie gatunku i nie możemy tego zrobić właściwie bez rodzin. Na tym zaawansowanym poziomie ewolucji jakość jest bardziej istotna niż ilość, a wysoka jakość potomstwa jest zapewniona jedynie przez psychologicznie zdrowe i stymulujące środowisko w dzieciństwie. Właściwe wychowanie dziecka jest przez niektórych uważane za ekscytujące wyzwanie i choć są osoby, które nie decydują się na jego podjęcie, wszyscy wiemy, że nie jesteśmy ponad cyklem życia i że naszym największym wkładem w życie jest potomstwo. Era ta nazywana jest erą jednorodnej moralności i jest zdefiniowana przez zasadę harmonii poziomej: harmonia pozioma jest możliwa tylko wtedy, gdy wszystkie jednostki w społeczeństwie osiągnęły ten sam poziom moralny; w przeciwnym razie należy stworzyć harmonię wertykalną, to znaczy system społeczny, w którym na jednostki bardziej moralne nie mają wpływu jednostki mniej moralne. Systemem harmonijnym wertykalnym był wymiar sprawiedliwości odwetowej, którego symbolem jest kodeks Hammurabiego i który panował przez prawie pięć tysiącleci. Mniej moralni ludzie zostali zamknięci, aby nie mogli skrzywdzić tych bardziej moralnych. Później opowiem o naszej obecnej organizacji społecznej, znacznie różniącej się od prymitywnej formy organizacji opartej na restrykcjach i więziennictwie, która niestety nadal obowiązuje w waszych czasach. Aktualnie osiągnęliśmy jednorodny poziom moralny. Są tacy, których geniusze pozwalają im myśleć metamoralnie, a ta dyscyplina: metamoralność, tworzy zdrowe prawa, które są w większości teoretyczne, ale kształtują nasz system prawny. Więcej o tym powiem później.

Wracając do prokreacji, istnieje rzeczywiste prawo dotyczące prokreacji przyjęte na całym świecie osiem wieków temu, które zasadniczo jest opodatkowaniem niepłodności. Z powodu oczywistych niedogodności i naturalnych skłonności, niektórzy rezygnują z prokreacji. Na ogół są geniuszami w jakiejś dziedzinie, a ich nadmierne dążenie do sztuki lub nauki sprawia, że są mniej skłonni do prokreacji. Ci, którzy zdecydują się nie mieć dzieci, muszą zapłacić kilka godzin dodatkowej pracy tygodniowo. Podatek ten zaczyna być stosowany od czterdziestego roku życia, jeśli ktoś nie ma nadal dziecka. Dzięki temu społeczeństwo może sobie pozwolić na darmową opiekę dla osób, które zdecydują się na więcej niż dwoje dzieci, w ten sposób równoważąc populację. Aby dalej promować prokreację, mamy bezpłatny system edukacji i socjalizacji od trzeciego roku życia. Dodatkowo, ze względu na dużą ilość wolnego czasu, który ludzie mają do dyspozycji, rodzice są bardzo zaangażowani w rozwój swojego potomstwa. Większość ludzi miała tylko jedno lub dwoje dzieci, co prowadziło do wielkiego spadku populacji w przeszłości, aż do ustabilizowania się trzysta lat temu. Wynika to głównie z powodów praktycznych i kulturowych: dziecko wymaga dużego wysiłku, a większość par nie może poradzić sobie emocjonalnie z więcej niż dwojgiem. W historii okres ten, który rozpoczął się spadkiem liczby ludności świata, nazywany jest domyślnym okresem bogactwa. Oznacza to, że jeśli ma się rodziców, którzy zaoszczędzili trochę pieniędzy i jest się jedynakiem lub jednym z dwójki dzieci, ma się tendencje do bycia zawsze zamożnym, a przynajmniej do zawarcia małżeństwa w bogactwie. Część majątku ulega zniszczeniu lub wyczerpaniu, ale w dzisiejszych czasach łatwo jest stworzyć nowe bogactwo. Mówiąc ogólnie, starzejąca się populacja ulepszyła system ekonomiczny, ponieważ automatycznie wyrównała społeczeństwo. Ceny towarów spadły, to znaczy nastąpiła deflacja gospodarki i wszystko stało się bardziej przystępne dla mas. Jedynymi, którzy stosunkowo ucierpieli w tej transformacji byli obrzydliwie bogaci, których stać było na utratę kilku milionów. Dlatego obecny okres nazywamy postekonomicznym, ponieważ przestaliśmy mierzyć bogactwo produktem krajowym brutto. Ekspansywny paradygmat kapitalistyczny został w tyle i przyjęliśmy tak zwane bogactwo namacalne, czyli bogactwo, które przekłada się na lepsze standardy życia. Jeśli spojrzymy na wykres produktu krajowego brutto na świecie, od roku dwa tysiące trzysetnego nastąpił wykładniczy spadek do końca trzeciego tysiąclecia i od tego czasu ustabilizował się. Oznacza to, że nowe bogactwo powstaje w dzisiejszych czasach tylko wtedy, gdy stare bogactwo się uszczupla. Generalnie nie pracujemy dla pieniędzy; robimy to tylko w celu utrzymania standardów życia.

Ja i Erin, nie mieliśmy jeszcze dziecka. To może poczekać, dlatego że mam dopiero dwadzieścia osiem lat, a ona zaledwie dwadzieścia sześć. Moglibyśmy się nie pobrać, ale jestem do niej bardzo przekonany, a monogamia oznacza małe poświęcenie, które w psychologii nazywa się zagadką wielokrotnego wyboru, popularniej zwaną zagadką ciastka: Uważamy, że wybierając coś ponad inne rzeczy, rezygnujemy z reszty naszych wyborów, a zatem nie wybieramy, aby zachować każdy; ale w ten sposób faktycznie tracimy je, ponieważ ostatecznie wybory się kończą. Mówiąc ogólnie, w dzisiejszych czasach wiemy, że musimy jeść nasze ciastko; bezużytecznie jest po prostu je mieć. W przeszłości ludzie byli bardzo odporni na angażowanie się w długotrwały związek. Przypisywali to głównie ryzyku i podawali wymówki, takie jak: Potrzebujemy czasu, aby sprawdzić, czy pasujemy do siebie. Dziś wiemy lepiej. Zakochanie się to przewidywalny proces psychologiczny. To połączenie instynktów seksualnych i podstawowej potrzeby zmiany. Ciągle się zmieniamy, ewoluujemy i potrzebujemy kogoś, kto będzie mógł ewoluować razem z nami, co w zasadzie nazywa się towarzystwem. Możemy w pełni poznać charakter osoby i nawiązać emocjonalne połączenie w ciągu kilku miesięcy, ale później jest możliwe się odkochać, czyli przestać czuć pociąg fizyczny lub psychiczny do drugiej osoby. To normalny proces. Nie ma nic złego w zmienianiu partnerów, tak często, jak ktoś tego potrzebuje, ale przedłużające się bezcelowe relacje są szkodliwe dla ewolucji jednostki. Jesteśmy z natury zwierzętami społecznymi, a łączenie się w pary to najprostszy sposób na zneutralizowanie naszego popędu seksualnego i skupienie energii na dalszym rozwoju. Ludzie z waszego tysiąclecia pozostawiali romans przypadkowi i celowo nie dbali o poznawanie swoich partnerów. Zakochiwali się losowo, bez świadomego wysiłku ze swojej strony. Skądinąd, chcieli zracjonalizować fakt, że mogą łączyć się w pary z każdą osobą, ale musieli wybrać tylko jedną. Oznaczało to dla nich konflikt egzystencjalny i im więcej randkowali, tym mniej czuli się skłonni do monogamii. Było po prostu zbyt wiele możliwości wyboru, zatem nie wybierali. Nie byli w stanie włączyć i wyłączyć instynktu poszukiwania, więc woleli w ogóle nie szukać i pozostawić to losowi. Był też problem seksizmu, więc kobiety, które poszukiwały, były źle postrzegane przez społeczeństwo. Płeć żeńska nie mogła otwarcie okazywać zainteresowania mężczyznami, więc niewiele kobiet to robiło. Sytuacja zaczęła się zmieniać na początku waszego wieku, wraz z pojawieniem się aplikacji i serwisów randkowych. Kobiety zyskały względną anonimowość, a mężczyźni możliwość interakcji z wieloma kobietami, a tym samym nadrobienie braku śmiałości. Ponadto odrzucenie przestało mieć tak duży wpływ na pozytywne rezultaty poszukiwań ze względu na wiele prób. Ilość interakcji między płciami wzrosła wykładniczo, co zmieniło proces zalotów. Coraz częściej uwagę skupiano na sobie. Ludzie stali się bardziej świadomi siebie. Nie chodziło już o odnalezienie „tej jedynej osoby", ale o odnalezienie siebie w innej osobie. To drastycznie skróciło okres zalotów, aż ten trend osiągnął szczyt w połowie trzeciego tysiąclecia.

Wówczas ludzie pobierali się lub zrywali tuż po miesięcznych romansach. Proces stabilizował się stopniowo, do tej pory, kiedy mamy średnio rok zalotów do małżeństwa lub rozpadu. Jak ze wszystkim innym, w końcu jedna aplikacja zmonopolizowała rynek randkowy: 2getHer. Nieliczni hipisi, którzy żyli i umierali zgodnie z zasadami wolnej miłości oraz nigdy nie chcieli znaleźć partnera za pośrednictwem aplikacji, w końcu wyginęli, ponieważ ludzie po prostu założyli, że nie są wystarczająco dojrzali, by być w poważnym związku. Zwyczaj wolnej miłości odszedł w niepamięć, a obecnie nikt nie byłby uważany za odpowiedniego kandydata, gdyby argumentował, że nie chce się z kimś być na wyłączność, ponieważ woli pozostać wolny. Dziś zdajemy sobie sprawę, że użyteczność wolności bierze się z przyjęcia odpowiedzialności. Tak jak przestrzeń jest bezużyteczna bez materii, która ją ogranicza, tak wolność jest bezużyteczna bez więzów.

Po śniadaniu pojechaliśmy odwiedzić moje konie. Erin jest kochana, więc dostosowuje się do tej mojej wielkiej przyjemności i często dotrzymuje mi towarzystwa. Przyroda jej nie zachwyca, więc przywozi książki i czyta całymi dniami. Jestem bardziej osobą kontemplacyjną, więc cieszę się, że mój umysł jest wolny od cudzych myśli. Mam się dobrze z moimi myślami i naturą: czysta filozofia. Lubię wędrować przez niezliczone godziny, aż się zgubię, a potem korzystam z Automatycznego Systemu Pozycjonowania, by wrócić. W ten sposób natknąłem się na Valentina. Jest jednym z opiekunów koni, ale nigdy wcześniej go nie widziałem. Prowadzi odosobnione życie, prawie jak pustelnik, i widać że z nim jest coś nie tak. To tak, jakby przebywanie w odosobnieniu nie było dla niego, ale żyje tak wbrew własnej woli. Na początku wydał mi się bardzo towarzyski, na tyle, że zastanawiałem się, co robi w tak opustoszałym miejscu. Myślałem, że był na wakacjach tak jak ja, ale kiedy powiedział mi, że pracuje tu od ponad dziesięciu lat, prawie krzyknąłem ze zdumienia. Zacząłem pracować w tej ujeżdżalni dwa lata temu i nigdy wcześniej o nim nie słyszałem. Próbowałem znaleźć wspólnych przyjaciół, ale on chyba nikogo nie znał, z wyjątkiem kierowniczki. Jego praca jest zbędna, ale bardzo interesująca: analizuje ewolucję koni w niewoli i ewentualny sposób przywrócenia ich do prymitywnego, dzikiego stanu. Pokazał mi nawet kilka okazów, które były częścią jego projektu. Zszokowała mnie wiadomość, że istnieje cały projekt, o którym nie miałem pojęcia, ale zafascynował mnie widok tych zwierząt, które były dziką wersją naszych koni. Były całkowicie nieokiełznane i miały ograniczony kontakt z człowiekiem, aby zrekompensować tysiąclecia udomowienia. Gdy konie nas dostrzegły, natychmiast pogalopowały, więc nie mogliśmy ich długo obserwować. Jego praca jest bardzo trudna, ponieważ musi zajmować się nimi tak dyskretnie, jak to tylko możliwe, więc nie ma nawet satysfakcji z przywiązania się do swoich podopiecznych, nad którymi opieka wymaga wiele wysiłku. Byłem zbyt zachwycony projektem dzikich koni, by myśleć o pytaniu o jego życie: gdzie mieszkał, czy był żonaty i tak dalej. Ten brak uwagi z mojej strony stał się oczywisty, kiedy wróciłem do ujeżdżalni i powiedziałem Erin o tym przedsięwzięciu, po czym zapytała mnie o Valentina i powiedziała mi, jak dziwne wydawało jej się, że pracował w odosobnieniu i tajemnicy, że musi być bardzo dobry powód tej poufności. Byłem zdenerwowany, że nikt nie powiedział mi o tym ciekawym projekcie, więc zadzwoniłem do Maji, która jest kierowniczką, i zapytałem ją o szczegóły. Przyznała się do wszystkiego, jakby to nie było nic wielkiego. Przeprosiła, że mi nie powiedziała, ale poprosiła też, żebym nikomu nie mówił, aby nie zakłócano pracy Valentinowi. Tłumaczyła iż przyczyna jego izolacji była poufna i sama nie mogła jej ujawnić, ale nie było powodu, bym nie mógł pójść i zapytać Valentina osobiście, czy chce zdradzić swoją tajemnicę. Brzmiała na zdziwioną, że się z nim dogadywałem. Wyznała, że widziała go osobiście niespełna kilkanaście razy i że głównie wymieniali między sobą wiadomości i holorozmowy. Powiedziała, że cieszy się, że spotkałem go przypadkiem i praktycznie zmusiła mnie, żebym poszedł i zobaczył go ponownie, abym podjął z nim współpracę, jeśli tak chcę. Byłem bardzo zainteresowany, ale czułem brak nadziei w jej tonie, jakby było w Valentinie coś strasznego, czego nie da się rozwiązać, ale można złagodzić dzięki moim wizytom. Wrażenie, jakie wywarła na mnie rozmowa z Mają, było zupełnie inne niż tamte po moim spotkaniu z Valentinem, które było radosne i ekscytujące. Postanowiłem, że jutro go odwiedzę.

Rozdział trzeci

Dziś zastałem Valentina w innym nastroju. Był ponury, choć nadal przyjazny. Cieszył się, że mnie widzi, ale nie mógł ukryć swojego przygnębienia. Wyglądało jakby był zadowolony, iż mnie zaraził swoim nastrojem. Bez żadnej zachęty z mojej strony zaczął wylewać swoje myśli. To było bezprecedensowe w moim życiu. Nie miał dystansu ani szacunku dla własnej intymności. Zbojkotował się emocjonalnie i próbował wykorzystać mnie jako wspólnika, a jednak słuchanie tego było hipnotyzujące. Zaczął od powiedzenia mi, że jest samotny i sfrustrowany, ponieważ żadna kobieta, którą kiedykolwiek spotkał, nie potrafiła przystosować się do jego wrażliwości. Generalnie prowadzi odosobnione życie, ponieważ nie może się dopasować do społeczeństwa. Psychiatrzy uznali go za nieco niebezpiecznego dla siebie i innych. Poradzili mu, dla jego własnego dobra, aby jego autodestrukcyjne zachowanie było w jak największym stopniu izolowane i neutralizowane. Dlatego pracuje z końmi, ze względu na ich terapeutyczne właściwości. Powiedział mi, że tak naprawdę jest urodzonym muzykiem i to byłaby jego kariera, gdyby nie jego stan psychiczny. „Najwyraźniej muzyka nie uspokaja bestii tak bardzo jak konie" - zażartował sarkastycznie. Był tam praktycznie zmuszony do pracy i życia, a przestał dawać koncerty, bo ludzie za bardzo go denerwowali. Zamiast tego w wolnych chwilach poświęca się komponowaniu piosenek. Zagrał na gitarze utwór, który właśnie skomponował i, szczerze mówiąc, była to najpiękniejsza melodia, jaką kiedykolwiek usłyszałem. Zapytałem go, czy czasami dodaje do nich teksty, a on bez ogródek odpowiedział: „Wszystkie mają teksty, ale ludzie ich nie rozumieją, więc śpiewam je milcząco". Oczywiście jest z jego strony uraza; społeczeństwo go nie rozumie, więc ma ambiwalentne podejście do swoich dzieł. Z jednej strony pomagają mu wyładowywać silne emocje, a z drugiej czuje, że marnują się na ludzi, którzy nie doceniają jego osoby. Powiedział jednak: „Wciąż mam nadzieję, że moje piosenki mnie zbawią i nauczą społeczeństwo patrzeć trochę z mojej perspektywy, abyśmy mogli mieć prawdziwe połączenie".

Teraz muszę wyjaśnić coś o naszej epoce, która różni się od waszej. Na początku waszego tysiąclecia duży nacisk położono na różnorodność i tolerancję jako klucze do społeczeństwa, ale ten paradygmat szybko stracił impet i powrócił do normy. Społeczeństwo w waszej erze wciąż pozbywało się plagi, która nękała je od tysiącleci: negatywnej dyskryminacji. Problem polegał na tym, że ludzie nie zrozumieli jeszcze pojęcia pozytywnej dyskryminacji, więc odbiegali od tej kwestii tylko by popaść w relatywizm. Pobłażliwość była na porządku dziennym, rodzajem de facto nihilizmu: nie ma uniwersalnego dobra i zła, ale coś jest dobre dla kogoś, a złe dla kogoś innego. W ten sposób moralność i etyka po prostu wyszły z użycia. Ludzie stali się jeszcze bardziej fanatycznie religijni, aby spróbować to zrekompensować; opierali się na swoich wymyślonych bogach, próbując znaleźć ukojenie z braku pewności moralnej, która panowała w społeczeństwie. Był to, w zasadzie, nowy Ciemny Wiek. Odrodziły się stare religie, a z powodu nieprzejednania, protestantyzm zwyciężył katolicyzm, który był zbyt łagodny, by w takich czasach przetrwać. Ludzie nie traktowali tego wyznania wystarczająco poważnie i zaczął być na równi traktowany z astrologią. Ale protestantyzm i nowe religie przejęły władzę i moralizowały społeczeństwo. Trwało to prawie wiek, aż ludzie zrozumieli, że dyskryminacja wcale nie jest zła, ale konieczna.

Dyskryminacja pozytywna była ruchem artystycznym i filozoficznym, który rozpoczął się w połowie dwudziestego drugiego wieku. Zlikwidowała cały obskurantyzm religii, dopóki nie zostały oddarte z ezoteryzmu i pozostał z nich tylko rozsądek i etyka. Następnie przyjęto uniwersalny system etyczny. Świat był już mocno zglobalizowany, więc nastąpiło to szybko. Niektórzy ludzie odrzucali tę nową etykę lub częściowo się z nią nie zgadzali, ale ona przetrwała i została ukształtowana przez intelektualistów z całego świata. Narodził się nowy okres oświecenia i ludzie byli znowu zainteresowani poznaniem tego, co mają do powiedzenia filozofowie. Debaty o istnieniu i nieistnieniu, moralność kontra etyka, miały większe znaczenie niż stare dyskusje o islamie kontra chrześcijaństwie czy komunizmie kontra kapitalizmie. Społeczeństwa zaczęły skupiać się na rzeczach, które mają znaczenie. Od tego czasu zawsze istniała dana uniwersalna moralność, która mogła być trochę odmienna w różnych społeczeństwach, stąd termin: pozytywna dyskryminacja.

Nie mówimy dziś, że bycie mięsożercą i bycie wegetarianinem to równorzędne etyczne wybory, ale wiemy, że jedzenie mięsa jest etycznie niższe. Najpierw akceptujemy tę hierarchię, a dopiero potem tolerujemy to działanie. Nic nie jest już względne, ale wszystko ma wartość etyczną. Homoseksualizm oczywiście nie jest genetycznie wyleczony, ponieważ nie jest chorobą, której się można pozbyć. Dopuszczamy to u osób które się takie urodziły, ale wiemy, że homoseksualizm ma niższą wartość dla społeczeństwa niż heteroseksualność i to jest prosta matematyka: Homoseksualizm przyczynia się do poprawy społeczeństwa, zapewniając różnorodność, ale gdyby wszyscy urodzili się z tą skłonnością, prokreacja byłaby wielkim problemem. Nie oznacza to, że osoby odmiennej orientacji są niedoceniane; wręcz przeciwnie, są wysoko cenione w społeczeństwie. Ale homoseksualizm jest uważany za dewiację lub dziką kartę, która mogłaby radykalnie zmienić społeczeństwo, gdyby stała się głównym nurtem. Dlatego jest odróżniane, to znaczy pozytywnie dyskryminowane, od heteroseksualności. Ale znowu to prosta matematyka, bo homoseksualiści to mniejszość, ale gdyby stali się większością, na co pozwala nasz system społeczny, to paradygmat by się zmienił i heteroseksualność stałaby się etycznie niższa, czyli niebezpieczna dla status quo społeczeństwa. Nie jest to bynajmniej relatywizm, ale raczej pragmatyczna etyka. Od momentu, gdy etyka, a nie wymyślony bóg, kieruje moralnością, wszystko staje się bardziej logiczne. Moralność ewoluuje tak samo jak etyka, ale to nie znaczy, że wszystko jest względne; oznacza to po prostu, że nie wiemy, jak będziemy rozwijać się jako istoty ludzkie, a nawet gdybyśmy wiedzieli, nie można narzucić ludziom moralności. Może w przyszłości wszyscy będziemy androgeniczni, a nawet aseksualni, ale na razie paradygmatem jest heteroseksualność.

Zapytałem Valentina, czy jest w stanie poradzić sobie ze swoją wrażliwością i spróbować przystosować się do społeczeństwa. Powiedziałem mu, że pomimo naszego stanu psychicznego, wszyscy możemy zmienić niekorzystne dla nas postawy, a on odpowiedział:

„Kiedy ktoś trzyma cię na muszce i prosi o pieniądze, czy czujesz się wolny?"

„Nadal możesz tego nie robić. - Powiedziałem - Zawsze masz wybór".

„Tak, w tym przypadku ryzykując życiem. Ale czy to prawdziwa wolność?"

„Wierzę, że wolność zawsze wiąże się z pewnym ryzykiem. Możesz mówić, co myślisz, ale komuś może się nie spodobać i zabije cię za to. Możesz wyjść z domu, ale zaryzykujesz, że ci się przytrafi wypadek na ulicy. Korzystanie z wolności zawsze wiąże się z ryzykiem".

„Tak, dokładnie o to mi chodzi. Ryzyko, w przypadkach, które opisujesz, jest minimalne w porównaniu do potencjalnych zysków. Dlatego są to działania swobodne, ponieważ obie możliwości są równie korzystne: możesz zamknąć się i żyć w spokoju lub wyrazić swoją opinię i narazić się na konfrontacje. Mogę wygodnie siedzieć w domu lub wyjść, aby zdobyć coś z zewnątrz. Ale jeśli ktoś musi wybierać między zdrowym jedzeniem a trucizną, jest to błędny wybór, ponieważ wtedy pytanie przestaje brzmieć: jakie jedzenie wolę? i staje się po prostu: chcę żyć, czy nie? A jeśli zasugerujemy, że większość z nas ogólnie chce żyć, to w ogóle nie wybór. Jesteśmy zmuszeni do czegoś, tak samo jak zwierzęta są skazane do polowania by mieć posiłek lub ukrywania się przed drapieżnikami. Wtedy nie ma wolności."

„Ale w tym szerokim znaczeniu, zawsze jesteśmy zmuszeni. Hormony kierują naszymi wyborami, na przykład popychają nas do lubienia kogoś bardziej niż innych osób a kubki smakowe sprawiają że smakują nam niektóre potrawy a inne nie przypadną nam do gustu. To tylko determinizm. Wtedy w ogóle nie ma wolności."

„A jednak jest. Świadczy o tym fakt, że możemy wybrać dla siebie złe rzeczy. Na przykład, zażywanie substancji osłabiających organizm, co wzmaga podatność na choroby, lub również rezygnacja z komfortu, by walczyć w imię jakiegoś ideału. Takie postępowanie można uzasadniać determinizmem w wiarę w otrzymanie w zamian korzyści. Prawdą jest, że narkotyzowanie się daje natychmiastową satysfakcję a trzymanie się swoich zasad zapewnia siły emocjonalne, wszystko to w ramach nadal swobodnego wyboru, jeśli zdawano sobie sprawę z grożącego niebezpieczeństwa, a mimo to podejmowano świadome ryzyko, a nie jak osoba, która zjada trującego grzyba, myśląc, że jest jadalny. Oto paradoks wyboru: jest determinizm w niewolnikach, którzy nie chcą uciec, ale nie ma w niewolnikach, którzy uciekają. Ci pierwsi w zasadzie nie mają innego wyjścia, jak tylko być niewolnikami. Wiedzą, że zostaną pobici lub zabici, jeśli spróbują uciec, więc nie ma dla nich prawdziwej wolności wyboru, ponieważ ryzyko jest zbyt duże: są przeznaczeni by zostać zniewolonymi. Ale niewolnicy, którzy uciekają, podejmują ryzyko, odzyskując wolność nie od momentu udanej ucieczki, ale od chwili, gdy postanowią uciec. W ten sposób wolność rodzi się z determinizmu: kiedy decydujemy się wszystko stracić, aby zyskać coś, co jest poza naszym obecnym zasięgiem. Rozumiesz?"

Doskonale rozumiałem i byłem zachwycony bystrym umysłem Valentina. Jego logika była rozsądna, choć nie sprzyjała niczemu pozytywnemu. Nie było żadnego praktycznego zakończenia jego toku myśli, jakkolwiek piękny mógłby być. Tak jak teorie Marksa były stosowane w komunistycznych reżimach despotycznych, a ezoteryczne myśli Nietzschego prowadziły do relatywizmu moralnego, myśli Valentina, choć zdrowe, były z natury niebezpieczne ze względu na ich zmętnienie. Takie niejednoznaczne myśli mogą prowadzić do pozytywnych lub negatywnych wyników, w zależności od ich interpretacji, a to jest przestępstwem w dzisiejszym społeczeństwie: filozofowie są odpowiedzialni za swoje myśli, tak samo jak architekci odpowiadają za zaprojektowany przez siebie budynek. W przeszłości wiele tekstów filozoficznych było podatnych na błędną interpretację, co czyniło je tak niebezpiecznymi jak nóż w dłoni małpy, ponieważ nie ma wątpliwości, że nadal jesteśmy tylko małpami. Ale my, małpy z przyszłości, nauczyłyśmy się odkładać nóż. Współcześni filozofowie nie pozostawiają otwartych zakończeń, jeśli chodzi o myśli. Nie próbują mówić rzeczy dających do myślenia, ale starają się wyjaśniać swoje rozważania. Nie wpadają w pułapkę intelektualnej próżności, pozostawiając nierozwiązane zagadki, ale pragną wzbogacić społeczeństwo, praktykując nauki Lao Tzu: aby kogoś prowadzić, idź za nim, a nie przed nim.

Rozdział czwarty

Rozmawiałem z Erin o Valentinie, ale nie wyglądała na zainteresowaną. Wszyscy wiemy, że zdarzają się przypadki regresji; te anomalie są dziś powszechnie znane, chociaż w pewnym stopniu pojawiały się od początku ludzkości. Wydają się też być dość wykładnicze: im bardziej jesteśmy rozwinięci, tym bardziej cofamy się do stanu prymitywnego. Nazywa się to powrotem do źródła. Jest to stan wrodzony, który polega na posiadaniu bardziej prymitywnego stanu mentalnej ewolucji. Intelekt jest raczej kontinuum, produktem wielu czynników, pośród których można wymienić środowisko i predyspozycję genetyczną; dlatego istnieje wiele stopni regresji i dopóki nie wpływa to na jednostkę, unikamy leczenia. Z punktu widzenia społeczeństwa ten proces jest oczywiście niepożądany, ale nasza eugenika wyznacza przed nim granicę, ponieważ po prostu nie wiemy o tym wystarczająco dużo, by uznać to za bezużyteczny atawizm, który należy wykorzenić.

Intelekty ewoluowały wykładniczo i dość jednorodnie w okresie zwanym skokiem intelektualnym: od początku dwudziestego trzeciego wieku do końca trzydziestego wieku. Dziś nasze intelekty znacznie różnią się od tych sprzed skoku. Asymilacja komputerów w procesach intelektualnych doprowadziła nas do myślenia wysoce analitycznego. Dane można łatwo przywołać, ale interpretacja pozostaje ludzka. Filozofia poznawcza stała się niezwykle ważna, aby w pełni zrozumieć naszą nową rolę w świecie. Nasza fizyczność prawie przestała być istotna dla społeczeństwa, ale umysły nabrały nowego znaczenia. Trwał długi okres niepewności, ponieważ zrozumieliśmy, że ten sam potencjał ewolucji i konstrukcji może łatwo przerodzić się w dewolucję i zniszczenie. Filozoficzna walka między egzystencjalizmem, nihilizmem i relatywizmem była makabryczna, ale zrodziła uniwersalną moralność, która była konieczna, aby wyjść z zastoju, w które społeczeństwo popadło w połowie dwudziestego drugiego wieku. Na początku dwudziestego trzeciego wieku ogólnoświatowa społeczność osiągnęła konsensus w sprawie dobra i zła, a także wymogów zmiany paradygmatu. Etyka stała się pełnoprawną nauką. Od tego czasu paradygmat był kilkakrotnie korygowany, ale pragmatyczna etyka cały czas cieszy się globalnym konsensusem, podobnie jak teoria ewolucji i względności od momentu ich narodzin. Społeczeństwo wpadło na niepodważalne uniwersalia, z których zaczęto tkać materię rzeczywistości.

Muszę również wyjaśnić naszą obecną koncepcję społeczeństwa, ponieważ do tej pory używałem tego terminu byle jak, nie biorąc pod uwagę możliwego nieporozumienia. Odkąd zapanowała uniwersalna moralność, społeczeństwo jest równoznaczne z jednostką. Dopuszczamy wyjątki, ale istnieje standard zdrowej ewolucji umysłu i szczęśliwego życia. Obecny konsensus jest taki, że regresja nie jest zdrową odmianą, ale odchyleniem, którym należy się zająć. Jednak nawet gdybyśmy chcieli, nasza najnowocześniejsza terapia genowa nie mogłaby zapobiec regresji, ponieważ postępy w neuronauce i psychologii wciąż nie zidentyfikowały genetycznych składników tej kondycji. Nie ma jednego genu odpowiedzialnego za regresję, ale jego macierz różni się w zależności od pacjenta. Zasadniczo regresja jest tylko ogólnym terminem określającym: rozwój intelektualny odbiegający od obecnego powszechnego poziomu. Dlatego praktyką jest traktowanie jej jako odmiany, tak samo jak traktujemy homoseksualizm, czyli po prostu pozwalamy jej istnieć. Dzieje się tak dlatego, że gdy pojawia się niepewność co do kierunku działania, stosujemy starą metodę: kredytu zaufania. Oznacza to, że dopuszczamy coś, co pozornie jest nie tak, na wypadek gdyby to był kolejny krok w naszym stanie ewolucyjnym lub gdyby przynajmniej mógł dać nam do tego klucz. W praktyce regresja w ogóle nie jest leczona, ale pozwala się jej rozwinąć lub wyleczyć w sposób naturalny. Osiemdziesiąt procent pacjentów po prostu wychodzi z tego i wraca do normalnego stanu po kilku miesiącach lub paru latach, ale reszta z nich prowadzi odosobnione życie dla własnej korzyści, ponieważ nie potrafi przystosować się do społeczeństwa.

Jakkolwiek, standard definiowania dobra wspólnego jest czysto matematyczny. Większość z nas ewoluuje prawidłowo bez regresji, ale jeśli w przyszłości ludzie zaczęliby regresować częściej, wówczas przypadłość ta stałaby się standardem i zostałaby uznana za dobrą dla społeczeństwa. Dobro wspólne w dzisiejszych czasach nie oznacza idealnego systemu do zastosowania i podążania, a po prostu dobro większości. Ponadto pacjenci z regresją nie są zmuszani do przestrzegania swojej izolacji. Niektórzy z nich prowadzą bardzo aktywne życie towarzyskie, ale ze względu na prawo pozytywnej dyskryminacji, w pewnych sytuacjach muszą zadbać o to, aby inni ludzie wiedzieli o ich stanie, by uniknąć nieporozumień. Istnieje dla nich konkretna lista zasad interakcji, która jest zbyt długa, by się tu rozpisywać, ale na przykład, nie kwalifikują się do korzystania z aplikacji randkowej, a jeśli chcą ubiegać się o pracę, ich stan wychodzi na jaw. Ogólnie rzecz biorąc, prosta etykieta -Regresja- na ich profilu w mediach społecznościowych załatwia sprawę. Otrzymują również obowiązkową pomoc psychiatryczną, aby sprawdzić swoje postępy i dowiedzieć się o swoim stanie. Dla większości z nich to tylko epizod w ich życiu, które inaczej toczy się normalnie. Odrobina izolacji zawsze pomaga im szybciej wrócić do zdrowia i ponownie dopasować się do społeczeństwa.

Erin nie rozmawiała z Valentinem, więc rozumiem jej brak zainteresowania. Nie mogę przekazać jej wrażeń, jakie miałem podczas rozmowy z nim. Jest raczej ciekawa dlaczego ja jestem tak zafrapowany, ale nie zaprzątałaby sobie głowy, gdybym przestał o tym mówić. Nie jestem autorytetem w większości dziedzin, co jest nieistotne, ponieważ mogę uzyskać natychmiastowy dostęp do wszelkich potrzebnych informacji i dodać je organicznie do moich słów. Ale nagrywam tutaj powieść, więc staram się obejść bez cyberpomocy i mówić tylko o rzeczach, które dobrze znam. W dzisiejszych czasach, jednak, nie jesteśmy tak naiwni; wszyscy wiemy wszystko, co trzeba wiedzieć o świecie, a nowe informacje są stale przesyłane i sortowane w sieci, z którą jesteśmy cały czas połączeni. Nie ma dezinformacji, ponieważ nasze algorytmy na to nie pozwalają. Wszystko jest ekstrapolowane bilion razy z poprzednimi informacjami, zanim trafi do sieci. Inne postępowanie byłoby bardzo szkodliwe dla rozwoju intelektualnego.

Pozwólcie, że przedstawię wam spojrzenie na to, gdzie obecnie znajduje się biomechatronika i jak ewoluuje superinteligencja. Ważne jest, aby lepiej wyjaśnić regresję. Cyborgi są jedynie konstruktem science-fiction i nigdy nie istniały w rzeczywistości, ponieważ poziom technologiczny nigdy nie dogonił ludzkiego poziomu nierozsądności. Zanim cyborgi stały się technicznie możliwe, ludzkość zmądrzała. Protezy elektroniczne są używane w medycynie, ale nie ma elektronicznych ulepszeń człowieka. Nikt nie chce dodawać sztuczności do swoich biologicznych ciał. Pojęliśmy, że natura jest niepowtarzalna. Wszystko, co robimy, aby ją zastąpić, nie wystarczy. Nauczyliśmy się naturalnie odblokowywać moc mózgu, ale dowiedzieliśmy się również, że inteligencja jest tylko narzędziem do szczęścia, więc trzeba szanować tempo natury. Nasze ciała i umysły ewoluują jednocześnie i nie możemy przyśpieszyć tego procesu. Nie ma możliwości odgadnięcia, dokąd zmierza natura, więc jeśli się pośpieszymy, możemy skończyć w ślepej uliczce, w zasadzie pogrążając ludzkość. Nie oznacza to, że nie wykorzystujemy właściwie elektromechaniki. Jesteśmy otoczeni wszelkiego rodzaju mikroskopijnymi urządzeniami i nanobotami. Ujarzmiliśmy naturę, ale daliśmy upust jedynej dzikiej karcie w naturze: naszym mózgom. Udało nam się kontrolować każdy czynnik w naturze; nawet pozaziemskie czynniki, takie jak meteory, wirusy i bakterie. Rozbłyski słoneczne, globalne ocieplenie i epoki lodowcowe, ruchy tektoniczne, wulkany i wszelkie możliwe zagrożenia dla ludzkości są pod kontrolą. Opowiem o tym więcej w rozdziale poświęconym przyczynom kolonizacji Marsa, która rozpoczęła się już w waszym wieku i zakończyła się sukcesem pod koniec dwudziestego drugiego wieku. Później, czerwona planeta została ponownie skolonizowana, ale więcej o tym wkrótce.

Sztuczna inteligencja idzie w parze z naturalną inteligencją. Jednak trend w kierunku humanizacji maszyn zwyczajnie się zatrzymał, ponieważ ludzkość zrobiła ogromny krok naprzód, a biomechatronika nie mogła jej dogonić. Maszyny przodują w kalkulacji i precyzji, a ludzie w podejmowaniu decyzji, więc tak podzielono pracę. Próba naśladowania ludzkości nie jest oczywiście zakazana, ale wykorzystywana tylko w sztucę, ponieważ te starania są zbędne. Nanotechnologia wręcz przejęła inicjatywę w ulepszaniu człowieka, a my staliśmy się najlepszymi wersjami nas samych. Nacisk kładzie się jednak na ewolucję naszych umysłów, a nie na cele komercyjne. Dlatego w pogoni za nauką już nie popełniano żadnych potworności. Estetyczna wartość bioróżnorodności została w końcu wzięta do serca, aby ludzie nie rezygnowali ze swojego naturalnego piękna; piękno, jakim obdarzyła ich natura i które uczyniło ich wyjątkowymi.

Odwrócono również starzenie się i akumulację uszkodzeń komórkowych. Odmładzanie ciała przekroczyło prędkość ucieczki długowieczności, co oznacza, że oczekiwana długość życia znacznie się wydłużyła. Moglibyśmy w zasadzie żyć wiecznie, gdyby nie mózg, który jest zaprogramowany na śmiertelność. W praktyce oznacza to, że dzisiaj mamy stu-czterdziestolatków, którzy wyglądają jak trzydziestolatki, umierających na udar mózgu. Uszkodzenie mózgu to prawie jedyny rodzaj śmierci, jaki występuje. Przeciętna długość życia kobiety wynosi sto pięćdziesiąt lat, podczas gdy mężczyźni umierają młodziej, średnio około stu trzydziestu lat. Drugi rodzaj śmierci to eutanazja, czyli samobójstwo z powodu psychicznej apatii do życia. Mamy jednak kilku nieśmiertelnych. Najstarszym człowiekiem na Ziemi jest dwustu-dziesięcioletni mężczyzna. Ludzie są określani jako nieśmiertelni po przekroczeniu progu stu-osiemdziesięciu lat. Stanowią dwa procent światowej populacji i są inspiracją dla innych. Jednak nikt nie jest w stanie z całą pewnością powiedzieć, po co żyjemy i jaki jest ostateczny koniec życia. Dlatego regresja jest dla mnie tak fascynująca, ponieważ wierzę, że pozwala nam zajrzeć w naszą przyszłość poprzez naszą przeszłość.

Rozdział piąty

Aby lepiej wyjaśnić znaczenie regresji, pozwólcie, że opowiem wam co nie co o sztucznej inteligencji. Przy okazji przedstawię ogólny przegląd naszej technologii by zaspokoić waszą ciekawość. Zacznę od transportu. Jak wspomniałem wcześniej, udało nam się okiełznać naturę i zapobiec wszelkim możliwym kataklizmom, ale przez cały ten proces zdecydowaliśmy się na korzystanie ze środków transportu, które uwzględniały możliwe klęski żywiołowe i nawet dzisiaj zachowujemy tę przezorną postawę. Oznacza to, że inwestujemy w jak najmniej infrastruktury we wszystkich obszarach rozwoju. Najtańszym obecnie, pod względem infrastruktury, środkiem transportu jest odporny na powietrze prom magnetyczny typu hyperloop, zwany potocznie spodkiem lub pływakiem. Ten pojazd to dosłownie latający spodek, który jest podłączony do hiperpętli magnetycznej która znajduje się na ulicach. Pamiętajcie, że obecnie nie ma innych dostępnych środków transportu. Z chodnika korzystają rowerzyści, rolkarze i piesi, ale ulice wyłożone są systemem magnetycznym, który w razie klęski żywiołowej można łatwo wymienić. Pola te są tworzone przez bieguny magnetyczne umieszczone na każdym skrzyżowaniu. Nie są szkodliwe dla żywych organizmów, ponieważ są połączone z urządzeniem magnetycznym w każdym spodku i tylko go przyciągają. Moglibyście umieścić zwykły magnes w odległości milimetra od dowolnego bieguna, a on by go nie przyciągał. Te spodki latają na regularnych wysokościach, co pozwala ptakom swobodnie latać na innych poziomach. Dokonano tego poprzez trening genetyczny. Ptaki zostały genetycznie zmodyfikowane tak, aby wyczuwały pola magnetyczne i, omijając je, unikały kolizji ze spodkami. Na długich dystansach nadal używamy śmigieł napędzanych przez reaktory hydro-solarne, połączenie energii słonecznej i paliwa wodorowego, które jest również wykorzystywane do podróży kosmicznych. Te promy mają również system próżniowy, który sprawia, że są odporne na powietrze i są znacznie lżejsze niż samoloty z waszej epoki, a także mają chowane skrzydła, które przy sprzyjającym wietrze pozwalają im szybować po niebie. Mogą również kierować wiatr tak, że wieje za rufą i napędza statek.

Oczywiście w dzisiejszych czasach każdy środek transportu jest bezzałogowy. Ludzie kierują tylko dla sportu, po torach lub pasach startowych specjalnie do tego przeznaczonych. Prowadzenie pojazdów, jak każda inna czynność, w której należy unikać wypadków, w naszych czasach jest wykonywana prawie wyłącznie przez roboty. Energia przeszła długą drogę od roku dwutysięcznego. W dzisiejszych czasach mamy prawie wyłącznie energię hydrosłoneczną, która jest czysta i wydajna, ale przeszliśmy przez wiele technologii: wymianę baterii na kondensatory, reaktory termojądrowe, energię słoneczną i wiatrową zamiast elektrowni węglowych, aż do czasu kiedy hydrosolarna energia stała się na tyle bezpieczna, że mogła być szeroko stosowana.

Istnieje wiele technologii, które wyszły z użycia, na przykład: hodowla mięsa w laboratorium, która rozkwitła w drugiej połowie XXI wieku. Jednocześnie, wegetarianizm przestał być modny, gdy populacja zwierząt hodowlanych zaczęła drastycznie spadać. Obecnie wiemy, że hodowanie zwierząt do celów konsumpcyjnych jest bardziej etyczne niż po prostu zaprzestanie ich hodowli. W każdym razie, jedzenie mięsa hodowanego w laboratorium to po prostu zastąpienie barbarzyńskiego nawyku droższą, nieopłacalną opcją. Hodowla zwierząt jest po prostu mniej kosztowna i bardziej naturalna niż laboratoryjna inżynieria mięsa, a ta ekologiczna reguła jest ważniejsza niż skrupuły związane z jedzeniem czujących istot. Z czasem jednak dziewięćdziesiąt procent ludzi po prostu przestało jeść mięso, więc musieliśmy ponownie uwalniać zwierzęta hodowlane lub trzymać je w rezerwatach. Mamy możliwość genetycznego modyfikowania zwierząt i roślin, aby lepiej nam służyły, ale nie chcemy ingerować w naturę. Trzymamy się z daleka od dzikich zwierząt, tak jak robimy to z ludźmi regresywnymi.

Inną technologią, która rozkwitła już na początku XXI wieku, a następnie została udoskonalona, by w końcu stać się przestarzałą, jest wirtualna rzeczywistość. Eskapizm był wówczas powszechną praktyką; ludzie chętnie spełniali wszelkiego rodzaju fantazje, a pobłażliwość nie miała granic. Granica między rzeczywistością a wirtualnością była tak rozmyta, że wiele osób zaczęło rozwijać syndrom awatara: poczucie, że rzeczywistość wirtualna jest bardziej realna niż sama rzeczywistość. Społeczeństwu zajęło wiele stuleci, aby w końcu pozbyć się wirtualnego uzależnienia, ponieważ technologii nie można było po prostu zakazać, a syndromy psychicznego uzależnienia od rzeczywistości wirtualnej były silniejsze niż w przypadku zwykłych narkotyków, co oznaczało, że dawni uzależnieni od technologii byli upośledzeni przez resztę swojego życia. Jak wspomniałem wcześniej, technologią która się nie przyjęła była ulepszaniem człowieka. Cyborgizacja była jednak powszechnym zastosowaniem, dopóki bioreparowanie nie stało się ogólnodostępne. Teraz, nawet w rzadkich przypadkach utraty kończyny lub organu w wyniku wypadku lub choroby, można biologicznie zrekonstruować je z DNA pacjenta.

Jednak w pewnym sensie wszyscy staliśmy się cyborgami, w tym znaczeniu, w jakim przekazujemy funkcje umysłowe komputerom. Na początku waszego wieku kieszonkowe komputery były zabierane wszędzie, potem stały się mikroskopijne i zupełnie nie wymagały użycia rąk. Mogliśmy mieć dostęp, w mgnieniu oka, do przechowywanej pamięci, kalkulatorów i wszelkiego rodzaju pomocy obliczeniowych. Nasze mózgi wyspecjalizowały się w kreatywności, rozwiązywaniu problemów i innowacjach, podczas gdy komputery stały się całkowicie odpowiedzialne za rozpoznawanie wzorców i przetwarzanie danych. Dzisiaj komputery są tak nieodłącznie związane z myśleniem, że muszę je blokować podczas pisania tej powieści; w przeciwnym razie, w trakcie mojego pisania, mogą automatycznie poprawić niedokładne informacje. W naszych czasach podmiotowość nie jest tak ceniona jak w waszych. Nawet w powieściach lubi się dokładność. Można mieć w swojej historii wampiry, wilkołaki i wróżki, ale przy opisywaniu świata preferowane są prawidłowe dane. Paradygmat brzmi: prawda jest pięknem, więc im lepiej opiszemy rzeczywistość, tym piękniejsza będzie sztuka. Nie wyklucza to fantazji czy romantyzmu, które są rzeczywistościami psychologicznymi, ale je wzmacnia. Jednak muszę przyznać, że nasz realizm to nabyty gust, a gdybym nagrał powieść w tym stylu, może się okazać, że jest zbyt obszerna, nieczytelna. Dlatego zdecydowałem się obejść bez pomocy komputera. Komputery, jak wspomniałem, znajdują się na niemal każdej powierzchni. Komputroniom to inteligentna materia składająca się z mikrochipów w substancji wiskozowej. To w połączeniu z materią aktywną, czyli nanobotami, czyni wokół nas cuda. Odczytują nasze sygnały życiowe i kontrolują każdą zmienną w ludzkich ekosystemach. W naturze występują w postaci przypominających owady dronów, ale w nią nie ingerują, a jedynie zbierają dane i pomagają wypracować rozwiązania potencjalnych problemów. Technologią, która rzeczywiście wystartowała, była nanotechnologia. Obecnie nanoboty, jak każda pospolita bakteria, zdolne są do samoreplikacji. Najpierw opracowaliśmy samoreplikującą się, syntetyczną bakterię, która pomogła nam leczyć i regulować ekosystem. Ale potem paraliśmy się boskością; podjęliśmy się kreacjonistycznego zadania zaludnienia świata sztucznymi istotami. Nanoboty to nasze dzieło, więc są tak inteligentne, jak tylko może je uczynić nasza nauka. Mogą się rozmnażać, ale są nieszkodliwe; większość naszych wysiłków polegała na upewnieniu się, że nie zgrywamy Frankensteina. Wiemy, jak technologia, podobnie jak każda żywa istota, jest podatna na wirusy. Wydaje się, że to prawo natury odnosi się nawet do sztucznych istot. Stworzyliśmy więc mechanizm bezpieczeństwa, dzięki któremu nanoboty wykrywają niesprawne urządzenia równorzędne i dezaktywują je. Proces samoreplikacji jest również hamowany przez samą technologię. Warunki replikacji nanobotów są zbyt specyficzne, więc generalnie można je znaleźć tylko w laboratoriach. Potrzebują surowca i sztucznego bodźca, aby rozpocząć proces samoreplikacji. Ale kiedy w naturze dezaktywują niesprawnego rówieśnika, mogą wykorzystać jego odpady do replikacji, utrzymując w ten sposób równowagę.

Taki właśnie poziom osiągnęliśmy w sprawach sztucznej inteligencji. W dziedzinie sztuki i rozrywki odtwarza się ludzką inteligencję i uzyskuje się werystyczne wyniki. Ale androidy to tylko wyrafinowane zabawki. Zgodnie z prawem czującej dyskryminacji, nie możemy tworzyć żywych istot, a co dopiero czujących istot. Możemy je replikować i modyfikować genetycznie, aby wyglądały, a nawet działały w określony sposób, ale nie mamy prawdziwej mocy stwórczej. Wszystkie nasze dzisiejsze wysiłki skupiają się na próbie okiełznania natury, która jest pracą na pełen etat. Aby to zrobić, musimy przewidzieć ewolucję, by iść z nią, a nie przeciw niej, co okazuje się daremnym wysiłkiem. W pewnym sensie odbywa się to poprzez kontrolowanie wszystkich negatywnych zmiennych i dawanie wolnej ręki pozytywnym. Negatywnymi zmiennymi są na przykład choroby. To prawda, że to, co nas nie zabija, czyni nas silniejszymi, ale jednocześnie wysysa energię.

Wszyscy zgodziliby się, że wojny są zmorą, marnowaniem ludzkiego potencjału, którego należy unikać. To samo dzieje się z chorobami. Są marnotrawstwem energii fizycznej, które można skierować na energię intelektualną. Z pewnością większość ludzi z moich czasów, gdyby żyło w waszej epoce, umarłoby w przeciągu kilku lat z powodu wypadku lub choroby. Nasz układ odpornościowy jest słabszy, ponieważ przystosowaliśmy wirusy i bakterie do współpracy z nami. Podobnie jak ludzie pierwotni udomowili wilki i dzikie koty, my oswoiliśmy mikroskopijne, żywe organizmy. Nie dziwi fakt, iż ludzie żyjący w odległych od siebie okresach czasu, mieliby problem z dopasowaniem się do funkcjonowania w danej erze. Chociaż styl życia byłby możliwy do adaptacji, przynajmniej jedno pokolenie zajęłoby przystosowanie się organizmu do całkowicie odmiennego środowiska. Tak stałoby się z nami, gdybyśmy musieli egzystować w warunkach, w których obecnie żyjecie. Dodatnie zmienne to te, które są losowe. Tak jak bezcelowa sztuka jest napędem ludzkiego intelektu, tak przypadkowość jest motorem ewolucji. Nie ma określonej ścieżki ewolucji; nie ma determinizmu w przyrodzie. Ale gdy natura nabiera wystarczającego impetu, zmierza w określonym kierunku. Gdybyśmy mieli kreacjonistyczną moc natury, moglibyśmy prowadzić ewolucję, ale w tym aspekcie jesteśmy w zasadzie tylko bezradnymi obserwatorami w ewolucyjnym pokazie.

Losowość, która jest naturą sztuki, jest również widoczna w mutacjach genetycznych bez wyraźnego powodu, na przykład ta, która dała niektórym niebieskie oczy lub ta, która zmieniła innych w supersprinterów. Dlatego regresja, chociaż, odbywa się przypadkowo, jest tak istotna dla ewolucji: To tak jak wrócić do domu po zapomniane klucze. Regresyjne klucze jednak zostały dawno zapomniane, a więc dlaczego ten powrót właśnie teraz? A jakich kluczy szukamy? Jeśli chodzi o regresję, jest wiele pytań i tylko kilka jasnych odpowiedzi. Genetycznie rzecz biorąc, nie ma wzoru na to zjawisko. Jest tak losowa, jak to tylko możliwe. Regresja jutra może całkowicie przestać istnieć lub może zostać rozwielmożniona wśród noworodków; nie możemy tego przewidzieć. Dlatego każdy przypadek regresji jest dla nas niczym cud.

Rozdział szósty:
Eksperyment marsjański i teoria wieloświatów

Kolonizacja Marsa rozpoczęła się na długo przed zdobyciem odpowiednich środków. Zaimprowizowaliśmy paraterraformację tej planety, podobnie jak rodzice którzy nabierają doświadczenia w trakcie wychowania dzieci. Było to ostatecznie możliwe tylko dzięki inżynierii genetycznej, ponieważ istniała nieunikniona przeszkoda w zamieszkiwaniu czerwonej planety przez ludzi: nasza fizyczna adaptacja do Ziemi. Podsumowując: nie skolonizowaliśmy Marsa, ale stworzyliśmy Marsjan na Marsie. Jak możecie sobie wyobrazić, nie był to genialny pomysł, ale dokonaliśmy tego tym samym zapoczątkowując nową historię ludzkości.

Wszystko zaczęło się od polityki na początku dwudziestego drugiego wieku. Na Ziemi znajdowało się o wiele więcej terenów o sprzyjających warunkach do życia niż na Marsie, ale za nami były czasy aneksji i kolonizacji lądu. Globalizacja zjednoczyła wszystkie kraje świata, a prawa międzynarodowe sprawiły, że wojny między narodami i militarne działania stały się nieopłacalne. Kończyła się także kolonizacja gospodarcza. Eksploatacja ziemi i zasobów innego kraju była nadal możliwa, ale imigracja stała się luksusem, na który żaden kraj już nie mógł sobie pozwolić. Świat był już wystarczająco przeludniony, więc globalni regulatorzy narzucili limity liczby ludności. Po globalnej zapaści klimatycznej, miejsca nadające się do zamieszkania osiągnęły maksymalną liczbę mieszkańców, a prawo międzynarodowe położyło kres budowie wysp, więc dołożono wszelkich starań, aby z pustynnych obszarów uczynić miejsca gościnne. Jednakże z powodu ograniczenia ziemskich możliwości, nie było miejsca na dalszą ekspansję. Ujście dla tego ekspansjonistycznego impulsu znaleziono w kolonizacji Marsa. Takie przedsięwzięcie było możliwe tylko dzięki połączeniu sił, dlatego powstała Międzynarodowa Wspólnota Odkrywców Marsa. Finansowano ją zarówno ze środków prywatnych jak i publicznych, a każdy partycypant otrzymał udział na Marsie, z którego miałby duży zysk gdyby kolonizacja się powiodła. W pewnym sensie było to przedsięwzięcie altruistyczne, ponieważ zajęłoby prawie wiek, aby doczekać się rezultatów. Jednak, jak w przypadku innych akcji, gdy kolonizacja Marsa stała się pewniejsza, wartość udziałów Marsa wykładniczo wzrosła, a wtedy wielu spekulantów zainwestowało ogromne sumy.

Natomiast, wielu innych czekało tylko na ekstazę. Ci uzależnieni od adrenaliny najchętniej walczyli o pierwsze miejsca w ekspedycjach. Pomysł był prosty: mieszkać w kopułach i podziemnych, hermetycznych, bąbelkowych miastach, jednocześnie parateraformując planetę i budując światowy dom. Do czasu utworzenia samowystarczalnej kolonii, koszt energii tego projektu wynosił około tysiąc eksadżuli na jego uruchomienie i setki eksadżuli rocznie na jego utrzymanie. W tym czasie mieliśmy już pojemność energetyczną w postaci nanomateriału, który mógł zamieniać promieniowanie w energię, a na Marsie było go mnóstwo. Pierwszym krokiem było znalezienie najlepszego międzyplanetarnego systemu podróżowania: Wybrano rotovator, ponieważ mógł pomóc nie tylko w wystrzeliwaniu, ale także w lądowaniu rakiet. Pomogło to radykalnie zmniejszyć stosunek mas rakiet, ponieważ można było je wystrzelić, przywiązując do obrotowych skyhooków krążących wokół Ziemi. Rakiety nie musiały już przewozić tak dużej ilości paliwa, co czyniło je bezpieczniejszymi i bardziej ekonomicznymi. Sam projekt rotovatora zabrał całemu światu trzy dekady, ale był tego wart. Następnym krokiem było uczynienie z Marsa siedliska ludzkiego, czyli natlenionego miejsca chronionego przed promieniami kosmicznymi, ciepłego i pod odpowiednim ciśnieniem, aby ziemskie organizmy mogły przetrwać. Brak grawitacji wpływa na degradację kości, a to oznaczało wielką przeszkodę. Konieczne było korzystanie z bionicznych egzoszkieletów, które pomogły zachować integralność struktury kostnej. Pionierzy marsjańscy niczym budowniczy, rozbijali obozy na miejscu. Jednak ci ludzie byli ponadto kolonistami odpowiedzialnymi za zasiedlenie nowej planety. Ich dzieci zostały genetycznie zmodyfikowane, aby przetrwać w marsjańskim środowisku. Pomimo stosowanych osłon, leków i inżynierii genetycznej, promieniowanie było główną przyczyną śmierci wśród kolonistów. Ciała wielu ludzi po prostu nie mogły przetrwać adaptacji ewolucyjnej. Etap końcowy, aby móc przeżyć na Marsie, polegał na połączeniu paraterraformacji z inżynierią genetyczną. Niektóre pierwiastki, takie jak azot, stały się naprawdę cenne dla kolonii ze względu na ich niedobór. Ładunki tych podstawowych pierwiastków musiały być stale wysyłane z Ziemi przez prawie sto lat, zanim planeta stała się samowystarczalna. Pełną paraterraformację Marsa osiągnięto jednak kilka wieków po pierwszym skolonizowaniu, a do tego czasu Marsjanie nie mogli już znieść warunków na Ziemi, chyba że zostali przeprojektowani w Ziemian w momencie narodzin. W przeciwnym razie musieli nosić egzoszkielety podczas pobytu na naszej planecie.

Proces paraterraformacji rozpoczął się kilkadziesiąt lat przed przybyciem pierwszej partii kolonistów. Byli to głównie inżynierowie, górnicy i geolodzy. Chociaż mieszkali w podziemnych tunelach pozostawionych przez wygasłe wulkany, musieli pracować na zewnątrz, będąc narażeni na promieniowanie kosmiczne. Jednak zdali sobie sprawę, że ciągłe promieniowanie nie jest tak złe, jak wcześniej sądzono. Ciało przyzwyczaja się do niego, a za pomocą jednościennych nanorurek węglowych zwanych trojańskimi nanowektorami udało się przeciwdziałać krótkoterminowym skutkom promieniowania. Egzoszkielety pomogły manewrować na powierzchni Marsa i zapobiegać utracie gęstości kości. Rozbłyski słoneczne, podobnie jak na Ziemi huragany i tsunami, były dla obywateli Marsa czymś do czego przywykli. Po prostu uważali na nie i szukali natychmiastowego schronienia, gdy nadchodziły. Inną pospolitą cechą Marsa były deszcze meteorów. Meteory, dopóki nie rozpadły się na małe cząstki, musiały zostać zestrzelone, gdy tylko weszły w cienką marsjańską atmosferę. Te deszcze meteorów stały się nowym zjawiskiem meteorologicznym i wszyscy byli ostrzegani, gdy się zbliżały, aby można było się schronić na czas. Zdarzały się wypadki śmiertelne i uszkodzenia infrastruktury, ale nic, co mogłoby zagrozić kolonizacji tej planety.

Podziemna kolonizacja Marsa trwała ponad wiek. Nie podjęto żadnych rzeczywistych wysiłków w kierunku terraformacji Marsa, ponieważ nie było to technologicznie możliwe ani ekonomicznie praktyczne. Miano teorię, ale nie miano środków, aby to zrobić. Kolosalny wysiłek paraterraformacji był porównywalny z wysiłkiem kolonistów nowego świata w drugim tysiącleciu. Potrzebne były ogromne ilości kapitału, a technologia, która to umożliwiła, jeszcze nie istniała. Była jednak kluczowa różnica. Pierwsi koloniści poszukiwali rajów do podbicia, podczas gdy nowi wyobrażali sobie raj we wrogim środowisku. Ale na początku dwudziestego czwartego wieku nareszcie byli gotowi do umiejscowienia pola dipolowego na Punkcie Libracyjnym Mars L1. Ten projekt trwał pół wieku, a kiedy został ukończony, zapobiegł dalszej erozji atmosfery i wyjałowienia powierzchni Marsa przez wiatr słoneczny.

Po wykonaniu tej czynności zaczęto tworzyć kopulaste lasy. Do tej pory ludzie żyli pod grubymi warstwami węglowych ścian, aby chronić się przed promieniowaniem, a oświetlenie otrzymywali sztucznie. Sytuacja zmieniła się jednak, gdy pojawiły się nowe lasy uprawiane wewnątrz ciśnieniowych megakopuł wykonanych z nowo opracowanych sprężystych, przezroczystych, odpornych na promieniowanie materiałów. Zaczynając od małych kraterów, te struktury zostały ostatecznie zbudowane na największych miejscach uderzenia meteorytów: basenach Hellas i Borealis. W tych strzelistych megakopułach, podgrzano atmosferę za pomocą superwęglanów. Gazy siarki i fluoru były najczęściej używane do tworzenia efektu supercieplarnianego. Poprzez elektrolizę kwas został odjęty od marsjańskiej wody, w ten sposób otrzymano jako produkt uboczny tlen, który do tego momentu był ceniony przez kolonistów jak złoto. Kwas użyto następnie do rozpuszczenia dwutlenku węgla, uwalniając pierwiastek ten do przeszklonej atmosfery. Niektóre kopuły zostały strategicznie zbudowane na marsjańskich czapach lodowych, które zaczęły się topić, wytwarzając parę, jeszcze bardziej podgrzewającą atmosferę wewnątrz oszklonej powierzchni. Gdy temperatura została naturalnie podniesiona do wyższego poziomu, w szklarniach masowo rozpoczęto hodowle cyjanobakterii, co w rezultacie doprowadziło do natlenienia atmosfery. Następnie w tych zielonych kieszeniach uprawiano rośliny i drzewa w celu stabilizacji atmosfery dla upraw. Po raz pierwszy od stuleci koloniści Marsa mogli mieć dostęp do naturalnie uprawianych zbóż i warzyw. Nareszcie też ludzie mieli możliwość spacerowania po lasach i spoglądania na słońce przez gęste korony drzew. Kieszenie szklarniowe rozprzestrzeniły się dookoła, aż otoczyły każde kopulaste miasto. W dwudziestym piątym wieku, za pomocą świetlików przebijanych w regularnych odstępach w kopułach i otaczającym je lesie, Marsjanie mogli ponownie otrzymywać naturalne światło słoneczne.

Wraz z nadejściem naszej nowoczesnej nanotechnologii, bańkowe miasta stały się jeszcze bezpieczniejsze, a Mars zyskał status planety nadającej się do zamieszkania. Ciśnienie atmosferyczne nadal jest problemem wśród podróżników międzyplanetarnych. Marsjanie, którzy przybywają na Ziemię lub Ziemianie, którzy udają się na Marsa, muszą cały czas nosić specjalny kombinezon egzoszkieletowy. Na szczęście nasza obecna technologia umożliwiła to z zerowym ryzykiem awarii i minimalnym dyskomfortem. Ludzie często migrują na planety i szybko przyzwyczajają się do swoich egzoszkieletów, tak samo jak przyzwyczajamy się do noszenia na co dzień odpowiedniego ubrania. Odbywa się to rutynowo, jak golenie się lub nakładanie makijażu w waszych czasach, i bez zakłócania żadnej aktywności fizjologicznej, nawet kąpieli pod prysznicem.

Dziś zamieszkujemy dwie Ziemie. Mars jest naszą siostrzaną planetą i dbamy o nią na równi z Ziemią. To nasz nowy świat, miejsce dla poszukiwaczy przygód. Jest w nim trudniej niż tu na Ziemi, ale to właśnie przekonuje wielu do emigracji. Z drugiej strony wielu Marsjan przybywa na

Ziemię, aby podziwiać stary świat. Jest nostalgia i poczucie czci wobec Matki Ziemi. Mars to także najlepsze miejsce na wygnanie w przypadku radykalnych zbrodni, chociaż minęło dużo czasu, odkąd było to ostatnio konieczne. Wyrzucenie kogoś ze społeczeństwa, czyli ostracyzm, to najgorsza kara, jaką można otrzymać w dzisiejszych czasach. Zatwardziałym przestępcom wciąż daje się szansę, by mogli zacząć żyć od nowa w nowym świecie a długi przez nich zaciągnięte z powodu przestępstw spłaca całe społeczeństwo. Ponieważ jednostki i społeczeństwo są ze sobą powiązane, wydaje się logiczne, że za każdą zbrodnię popełnioną przez jednego z jego członków musi odpowiedzieć całe społeczeństwo, co zadośćuczyni poszkodowanym osobom.

Wiem, że paraterraformacja Marsa może być bardzo interesująca dla naukowców, a nawet laików z waszej ery, ale nie jest ona przedmiotem tej książki, więc będę musiał was wszystkich rozczarować, skracając ten temat. Jestem pewien, że w niedalekiej przyszłości zostaną nagrane książki naukowe, aby przekazać wam technologię, ale ja nie jestem naukowcem. Oto rzecz, którą chciałbym wyjaśnić: przekazywanie informacji z przyszłości do przeszłości. Jak dobrze wiecie z teorii względności, kontinuum czasoprzestrzenne można zmienić. Równanie Einsteina wykazuje, że energia jest skorelowana z masą, a stała Plancka pokazuje, że energia jest skorelowana z częstotliwością, to znaczy z czasem. Oznacza to, że masa jest powiązana z czasem. Nie ma czasu tam gdzie nie ma masy. Nie ma też masy bez ruchu we wszechświecie, chyba że weźmiemy pod uwagę ideę wiecznej substancji lub istoty, która jest nieruchoma w czasie. Ten dwudziestowieczny fundament pomógł zbudować teorię stojącą za dzisiejszą technologią podróży w czasie. Ponieważ wszyscy nieustannie zmierzamy w przyszłość, podczas tej podróży możemy zrobić lukę w przeszłości. Dlatego technicznie rzecz biorąc podróż w przeszłość jest niemożliwa. To, co robimy, to podróż do przyszłości przez zagiętą przestrzeń, która mija przeszłość. Ma to wiele implikacji dla podróżowania w czasie. Zmienia się przeszłość, ale także przyszłość. To tak, jak przywieźć pamiątki lub wspomnienia z zagranicy. Oczywiście możemy również zmieniać przeszłość lub wspomnienia innych ludzi, ale, o dziwo, ich teraźniejszość pozostaje taka sama. To zjawisko fizyczne nazywa się: zderzeniem z rzeczywistością. Przeszłość jest plastyczna, tak samo jak przyszłość, ale teraźniejszość wydaje się być wykuta w kamieniu.

Tylko informacja może podróżować z prędkością światła. Nie ma więc możliwości fizycznego podróżowania. W praktyce oznacza to, że ludzie z przeszłości mają wizje przyszłości: przeczucia. Potrafią przewidzieć przyszłość. To wszystko, co wiąże się z podróżowaniem w czasie. Istnieje również limit przekazywania informacji. Kiedy dochodzimy do pewnego momentu, staje się to daremne, tak samo jak czytanie Szekspira neandertalczykowi. To właśnie nazywamy przepaścią megapokoleniową. Zasadniczo, nie możemy przekazywać informacji innym megapokoleniom niż nasze. Słyszą je, ale ich nie rozumieją. Moglibyśmy mówić ich językiem i tłumaczyć ich terminami, ale kierujemy się regułą braku pośpiechu. Lepiej dać cywilizacji czas na zrozumienie wszystkich pojęć. Ewolucja natury oraz ludzkości przebiega bezbłędnie i nie może pójść szybciej. Ta reguła nazywa się zasadą losu: Nie możemy śpieszyć się z naszym przeznaczeniem.

A zatem: fizyczne podróżowanie w czasie nie jest możliwe, ponieważ istnieje tylko jeden wszechświat. Nie ma równoległych rzeczywistości, które by się rozgałęziły z naszej rzeczywistości w przypadku fizycznej podróży w czasie. Przeszłość danej osoby może się zmieniać, ale tylko w pamięci. Nasza obecność jest wykuta w kamieniu, a megainteligencja poprawia nasze życie. Dlatego, bez względu na to, ile informacji wyślemy do przeszłości, osobne teraźniejszości pozostają takie same. Nazywamy to zasadą samorealizacji. Wyobraźcie sobie rozmowę, zmieniającą życie osoby, która przekazuje wiadomość oraz życie drugiej osoby, która ją otrzymuje. Jest interakcja. Tak dzieje się z każdą informacją, którą wam przekazujemy. Mógłbym podać teraz imię jednego z moich przodków i poprosić o jego zabicie, a to przyniosłoby konsekwencje w moim życiu, które byłyby większe w zależności od bliskości związku z zamordowanym. Moja obecna egzystencja byłaby wtedy tylko snem, niczym więcej. Nie byłoby równoległej rzeczywistości, ponieważ moje aktualne życie natychmiast przestałoby istnieć takie jakie jest, tak samo jak sny kończą się, gdy się budzimy. Gdyby jednak ktoś z was sam dowiedział się, kim był jeden z moich krewnych i zabiłby go, nic by się dla mnie nie zmieniło. Po prostu urodziłbym się z innej linii przodków, a moja świadomość pozostałaby taka sama. Byłoby identycznie, gdybyście zabili mojego ojca po moich narodzinach: moja świadomość nie byłaby zagrożona.

Zjawisko to nazywa się prawem dyskrecjonalnym: tylko my możemy zdecydować o zmianie naszej przeszłości lub przyszłości i musimy być świadomi tych zmian; inaczej wyglądałoby to tak, jakby w ogóle nie miały miejsca. Wyobraźcie sobie odwrotną sytuację, w której ktoś wie, że w niedalekiej przyszłości dojdzie u was do paraplegii w wypadku, więc postanowi zapobiec by do waszej niefortunnej podróży nie doszło, ratując was w ten sposób od kalectwa. Dla was nadal istniałaby tylko jedna rzeczywistość:

ta, w której wciąż możecie chodzić. Wówczas wasz wybawca, korzystając ze swojej dyskrecji, może wam opowiedzieć o waszej drugiej rzeczywistości: tej, w której jesteście paraplegikami. Teraz macie wyimaginowany wgląd w waszą drugorzędną rzeczywistość, ale nadal nie możecie nią żyć. Dokładnie to samo stałoby się, gdyby niektórzy z was zdecydowali się zabić jednego z moich przodków i zapisać to gdzieś. Gdybym to przeczytał i otrzymał informację, że mój przodek został unicestwiony, wyobrażałbym sobie, jakie byłoby moje życie, gdybym urodził się z tej linii przodków, ale moja obecna egzystencja nie zmieniłaby się, może poza drobnymi szczegółami, które i tak zostałyby zapomniane.

A teraz wyobraźmy sobie najbardziej skomplikowaną sytuację: podaję wam imiona moich rodziców, ujawniając w ten sposób swoją tożsamość i naruszając prawo dyskrecjonalne. Moglibyście ich wtedy zamordować, zanim się urodziłem ale nadal bym żył, tyle że miałbym innych rodziców. Odtąd moje życie drastycznie by się zmieniło, ponieważ pamiętałbym o moich oryginalnych rodzicach, którzy zginęliby przez moją nieroztropność, oraz o zderzającej się rzeczywistości moich nowych rodziców. A gdybyście zrobili jeszcze lepiej: zabijając mnie, gdy byłem młodszy, natychmiast przestałbym istnieć. Jednak, wszystko, co zrobiłem do tej pory, wciąż by istniało, ale od momentu, gdybyście mnie uśmiercili, bez względu czy gdy byłem młodszy czy w czasie gdy piszę te słowa, wtedy przestałbym istnieć. To tak, jakby istnienie mogło zapanować nad czasem. Albo, jak to ujmujemy w zasadzie kontinuum czasu życia: istnienie przeważa nad czasem.

Podróże w czasie to nie fizyczne podróże, ale raczej pamiętanie o przyszłości. Kontinuum czasoprzestrzenne zapętlając się umożliwia wgląd w swoją przyszłość, ale nie można jej zmienić, tak samo jak nie można zmienić własnej przeszłości. To właśnie Grecy bardzo dobrze rozumieli: fatalizm naszego przeznaczenia. Zasada entropii wymaga porządku we wszechświecie: Bóg nie gra w kości. Kartezjusz powiedział: Myślę, więc jestem. Dzisiaj mówimy: Istniejemy, dlatego stworzono dla nas wszechświat. Nazywa się to również: instynktem Boga. Sam fakt, że wierzymy i szukamy nadrzędnej siły porządkującej nasze życie, jest dowodem jej istnienia. Tak samo jak wtedy, gdy czujemy chłód wiatru czy ciepło słońca. Nasza inteligencja musiała być stworzona na podobieństwo tej wyższej siły; w przeciwnym razie komunikacja nie byłaby możliwa. Czy to możliwe, że stworzenie posługuje się językiem, którego twórca nie rozumie? Przez twórcę mam na myśli: naturę. Nie ma co do tego wątpliwości, że ona jest kreatorem, ponieważ dziś wiemy, że nie da się jej odtworzyć w pełnej twórczej sile. Zdajemy sobie sprawę, że komunikujemy się z naturą, ponieważ mamy zmysły, które ją wychwytują, pozwalają nam odtworzyć i przekształcić ją, co jest podstawową komunikacją. Tak więc, zgodnie z zasadą entropii, obserwowalny wszechświat implikuje obserwatorów. Oznacza to, że jesteśmy niezbędni we wszechświecie; co więcej, jesteśmy naturalną konsekwencją obserwowalnego wszechświata. Nie jesteśmy przypadkiem, mamy przeznaczenie: ewolucję i oświecenie.

W tym miejscu dzisiaj wyznaczamy granicę. W waszym tysiącleciu mówiono o wieloświatach, co sugerowało, że niektóre wszechświaty mogą nie sprzyjać inteligentnemu życiu. Ale nawet gdyby te wszechświaty istniały, jaki byłby ich cel; a gdyby nikt nie mógł ich obserwować, czy by istniały? Czy samo istnienie nie implikuje komunikacji? Czy możemy istnieć w oderwaniu od innych podmiotów? Czy możemy mieć świadomość bez świata, w którym można ją odzwierciedlać? W tym miejscu teoria wieloświatów rozpada się. Właściwie to tak, istnieje niezliczona ilość wieloświatów w naszej wyobraźni. Tyle, na ile pozwala wyobraźnia. Tylko w ten sposób mogą istnieć: hipotetycznie. Aby się zmaterializowały, musiałyby wejść do naszego wszechświata i być dla nas obserwowalne, a zatem po prostu stałyby się jednością z naszym wszechświatem. Jeśli jednak nie mogą być dla nas obserwowalne, to nie istnieją dla nas. Co jest prostą tautologią: Istnieją wszechświaty równoległe, to znaczy istnieją niewszechświaty, których nie możemy obserwować. To to samo, co powiedzenie: Są latające świnie, to znaczy są świnie nieistniejące, których nikt nie może zobaczyć. Idea wieloświatów jest zwykłym rozumowaniem kołowym.

Rozdział siódmy

W dzisiejszym świecie jestem najbliższy do powieściopisarza. W przeciwieństwie do ewolucji nauki, fikcja z czasem stała się coraz mniej popularna. Obecnie ma się tendencję do przyjmowania rzeczywistości, a fikcja jest rozrywką, na którą tylko od czasu do czasu ludzie sobie pozwalają. Dotyczy to każdej innej ekspresji artystycznej: na przykład kina i teatru. Realistyczne motywy są przesadnie faworyzowane, więc najbardziej podobnym gatunkiem do powieści przygodowej jest reportaż esejowy, taki jak ten, który właśnie nagrywam. Pozwolę sobie przyznać, że do tego tekstu nie dodałem ani odrobiny fikcji. Poza moimi opiniami i wnioskami, wszystko, co tutaj czytacie, jest tak realne, jak to może zagwarantować moje postrzeganie. Zacząłem tę książkę, gdy poznałem Valentina, i za każdym razem, gdy wydarzy się coś interesującego, dodaję wpisy, więc wiem tyle samo, co wy o przebiegu tej historii. Na początku nie wiedziałem, ile czasu zajmie jej ukończenie, ale ze względu na niedawny postęp sytuacji Valentina, myślę, że już niedługo będę miał do przedstawienia wam gotową pracę. Odkąd poznałem naszego bohatera minęło siedem tygodni, podczas których nic szczególnego się nie wydarzyło, dlatego nie było o czym mówić poza kilkoma rozdziałami o naszej obecnej technologii i historii marsjańskiej kolonizacji. Ale teraz mam bardzo ciekawą wiadomość. Valentin powiedział dosłownie: „Znalazłem dziewczynę moich marzeń.” Obecnie nie używamy takich określeń, bo nie mają znaczenia. Wolimy sprowadzać marzenia do sfery wyobraźni i być konkretni jak mówimy o rzeczywistości. Powiedziałbym raczej, że Valentin poznał kogoś, kto akceptuje jego niedorzeczność. Oczywiście nie podzieliłem się z nim tym spostrzeżeniem, ponieważ był zbyt podekscytowany, bym mógł bezpiecznie okiełznać jego emocje. Czuję się jakbym widział przed sobą wadliwie działający pojazd zmierzający w kierunku nieuniknionego wypadku i nic nie mogę z tym zrobić. Próbowałem porozmawiać z Valentinem, by zbadać jego zdrowie psychiczne, ale bezskutecznie. Po prostu zwariował i nie da się go wyciągnąć z pogrążającego go stanu.

Okoliczności w jakich poznał tą kobietę, są wystarczającym powodem do dezaprobaty. Jak wspomniałem wcześniej, nie pozostawiamy przypadkowi naszej emocjonalnej przyszłości, więc najczęściej spotykamy się za pośrednictwem aplikacji do wyszukiwania dopasowań ze skrupulatnie dopracowanymi algorytmami, które gwarantują kompatybilność. Co więcej, przez cały nasz cykl randkowy nosimy gadżety, które zapewniają prawidłowe odczytywanie naszych emocji poprzez pomiar hormonów, tętna i naczyń krwionośnych. W sumie, można oszukać swój umysł, ale nie ciało. Te pomiary są otwarcie udostępniane drugiej osobie, aby mogła podjąć świadomą decyzję. Często potencjalny partner przedstawia ogólną historię pomiarów psychosomatycznych, aby druga osoba mogła skalibrować analizę jego obecnego stanu emocjonalnego. Podczas randek i ogólnie w naszym życiu towarzyskim zawsze przyjmujemy politykę przejrzystości. Udowodniono, że nieuczciwość jest szkodliwa dla obu stron na dłuższą metę, więc nie jest to uzasadniony wybór. Chcę zaznaczyć, że Valentin poznał swoją dziewczynę przez przypadek. Brak szacunku, z jakim odważył połączyć się z tą dziewczyną, powinien wystarczająco powstrzymać jej emocjonalne przywiązanie, ale, co dziwne, wywołał odwrotny skutek. Nie będę jej analizować, bo nie znam jej okoliczności, ale choć bardzo chciałbym wierzyć, że ona też cierpi na regresję, wszystko wydaje się wskazywać na coś zupełnie przeciwnego. Według informacji, które Valentin mi przekazał na jej temat, jest osobą funkcjonalną, bez widocznych wad psychologicznych. Jest nauczycielką, co wymaga nieskazitelnej psychiki, regularnie sprawdzanej badaniami neurologicznymi i psychiatrycznymi. Przed spotkaniem z nim jej sytuacja była całkiem normalna. Dwudziestotrzyletnia kobieta, tuż po ukończeniu studiów, przeprowadziła się w okolice ujeżdżalni, by pracować w pobliskiej szkole. Jej wiek jest adekwatny do takiego etapu w życiu. Jazda konna zawsze była jej ulubionym sportem, więc naturalnym było kontynuowanie tej pasji w nowym miejscu. Valentin opowiedział mi również o szczegółach z jej życia osobistego, którymi otwarcie się z nim podzieliła: Miała czterech partnerów randkowych, z których tylko jeden doprowadził do pewnego emocjonalnego zaangażowania, ale nie na tyle, by zagwarantować kontynuację relacji. Zerwali po sześciu miesiącach związku i teraz jest gotowa na nowy. Jej stan jest prawidłowy, dopóki nie uwzględnimy Valentina. W układzie z nim, wydaje się, że straciła rozum, jakby regresja była zaraźliwa.

By więcej nie przeciągać, lepiej powiem wam, co się wydarzyło. Tylko z powodu mrowienia hormonów, Valentin zamienił przeznaczonego dla niej konia na innego nadającego się wyłącznie dla bardziej zaawansowanych jeźdźców. Nie trzeba dodawać, że nie mogła powstrzymać pędzącego konia, który niósł ją w szaleńczym galopie poza ujeżdżalnię aż do sąsiedniego lasu. Nasz bohater dosiadł więc konia i pognał na ratunek damie w niebezpieczeństwie. Później, podając jej kojącą herbatę i kładąc rękę na jej ramieniu, wyjaśnił, że przez pomyłkę zamienił konie, ponieważ po jej prezencji ocenił, że jest ekspertką w jeździectwie. Ona uwierzyła i podziękował mu za odwagę i szybką reakcję. Valentin powiedział mi, że miał szczęście dotrzeć do niej na czas i, w jego słowach: „wyrwać ją ze szponów śmierci," bo przez chwilę myślał, że dziewczyna uderzy głową o wiszącą gałąź albo spadnie na skałę i poważnie się zrani. Mówiąc ogólnie, zaigrał z losem ryzykując jej życie tylko po to, by zrobić silne pierwsze wrażenie. Dałbym jej kredyt zaufania, gdyby to był koniec historii. Przypuszczałbym, że widziała szaleństwo jego działań i chciała po prostu się go pozbyć tak szybko, jak to możliwe, bez wdawania się w kłótnię. Ale nie, nasz bohater zaprosił ją na randkę, na co zgodziła się z bardzo złego powodu: z wdzięczności za uratowanie jej przed niebezpieczeństwem, na jakie ją naraził, i z przypływu adrenaliny, którego dostała i który jest w sumie bardzo rzadki w naszych czasach. Na samym początku spotkania powiedział jej prawdę, przynajmniej swoją wersję tej prawdy, a mianowicie, że w tym momencie wezwała go pierwotna potrzeba i wiedział, że ryzykuje jej życiem. Przeprosił za to na kolanach, ale wiedział też, że ich żywoty były kosmicznie splecione, więc tak naprawdę naraził także siebie, ponieważ utrata jej lub przegapienie szansy na nawiązanie z nią znaczącego związku oznaczałaby dla niego śmierć.

Sam ton jego oświadczenia powinien być dla niej wskazówką do zduszenia tej znajomości w zarodku, ale sytuacja rozwinęła się diametralnie inaczej niż powinna. Kobieta nie zwróciła uwagi na jego samobójcze poglądy na romans, ani na jego pierwotnie nieuczciwe zachowanie, a na koniec powiedziała mu, że nie może się na niego denerwować, ponieważ nie spotkała ją żadna krzywda. Z tego, co wiedziała, był jej wybawcą. Muszę zdecydowanie podkreślić, że dzisiaj tak się nie myśli. To zwykły nonsens, który może tak nie brzmi dla was, ale jest dla nas szokującą amoralnością. Gdyby ktoś powiedział coś podobnego do mnie, od razu wiedziałbym, że ta osoba ma jakiś rodzaj regresji, ale znowu, ta kobieta nie ma regresji klinicznej według tego, co powiedział Valentin, a jest całkowicie normalna. Mogłem to potwierdzić, rozmawiając z resztą personelu ujeżdżalni. Wyjaśniła im sytuację, uzasadniając bezmyślność Valentina, ale także chwaląc go za sposób, w jaki naprawił swój błąd. Była całkowicie opanowana, kiedy to powiedziała, a nawet beztrosko podziękowała im za dawkę adrenaliny, która przełamała monotonię jej spokojnego życia. Oczywiście porozumiewawczy uśmiech zdradzał ironię w jej tonie, więc wszyscy śmiali się razem z nią. Jednak to nie wystarczyło, żeby mnie przekonać, a musiałem się upewnić, że ta kobieta jest normalna. Zapytałem Valentina, kiedy miała zaplanowaną następną lekcję jazdy konnej, którą oczywiście wzięła z nim zamiast ze swoim instruktorem. Muszę dodać, że chociaż Valentin ujeżdża konia tak, jakby urodził się w siodle, nie jest instruktorem a, z tego co wiem, ona jest pierwszą osobą, którą nauczył jeździć. Jak przyszedłem do ujeżdżalni, z odległości zobaczyłem, jak jedzie i rozmawia z Valentinem. Aby upewnić się co do moich podejrzeń wobec niej, musiałem się z nią poznać. Po zakończonej jeździe, zaczęli prowadzić luźną rozmowę i obdarzali się drobnymi pieszczotami. Zamknąłem książkę, którą udawałem, że czytam pod liściastą koroną lipy i podszedłem do nich pod pretekstem pożegnania się z nim. Taktownie mi ją przedstawił i poprosił, żebym został na drinka; propozycja, na którą liczyłem i którą chętnie przyjąłem.

Nazywa się Milena. Rozmawiałem z nią, zadając wiele niewinnych pytań w celu sprawdzenia jej stanu psychicznego. Jeśli miała jakąś niekliniczną regresję, to bardzo dobrze ją przede mną ukrywała. Przez chwilę myślałem nawet, że Valentin wymyślił jej słowa i reakcje na swoje wcześniejsze zachowanie, ale sytuacja przede mną przeczyła moim przypuszczeniom. Była tam, mimo wszystko, u jego boku i najwyraźniej byli na randce. Pytałem ją, czy nie martwiła jej okoliczność w której go poznała, i otrzymałem rozsądną odpowiedź: „Nie wszystko jest zapisane w naszych gwiazdach; czasami musimy sami napisać kilka rozdziałów w pamiętnikach". Ta odpowiedź była nienaganna. Większość ludzi rzeczywiście spotyka się za pośrednictwem aplikacji, ale nie jest to obowiązkowa zasada. Niektórzy ludzie spotykają się przypadkiem i, kierując się przekonaniem własnego serca, z tego przypadkowego spotkania starają się nawiązać relację. Poznanie kogoś w ten sposób jest jednak wysoce nieprawdopodobne statystycznie i wymaga dużej cierpliwości; dlatego ludzie zazwyczaj wybierają aplikację, kiedy chcą umówić się na randkę. Moje kolejne pytanie dotyczyło tego, czy nie niepokoi ją fakt, że Valentin cierpi na regresję, a ona odpowiedziała: „Jestem odpowiedzialna za własne życie i do tej pory to jedyna rzecz, którą zaryzykowałam, pozwalając na rozpoczęcie przywiązania między nim a mną. Gdybym nie wierzyła, że to przywiązanie może być korzystne dla nas obojga, albo gdybym przestała w to wierzyć, natychmiast bym z nim zerwała." To tyle na ile mogłem sobie pozwolić przesłuchując ją. Wystarczająco ingerowałem w ich życie i, choć jej zachowanie mogłoby się wydawać dziwne, było bezbłędnie uzasadnione. Nie ma ludzi pod swoją opieką; może robić ze swoim życiem co chce. Dla niektórych jej postawa może być nawet postrzegana jako odważna i bezinteresowna, pionierska w przełamywaniu bariery między regresem a normalnością. Ale dla innych, takich jak ja, jej postawa jest niezrozumiała: zbyt ryzykowna i wcale niesatysfakcjonująca. To prawda, że przypływ adrenaliny mógł odegrać bardzo ważny czynnik w jej pierwotnych emocjach wobec Valentina i być może zablokował jej umysł, w realizacji tego związku, ale nie mogę uwierzyć, że poważnie myśli, że to jej się uda. Rozum powinien stopniowo odciągać ją od tego pomysłu, ale na razie wydaje się, że jest zdeterminowana, aby to zadziałało. Nie miało sensu zadawanie pytań Valentinowi, ponieważ nieuchronnie udzieliłby mi niedorzecznej odpowiedzi. Nawet najbardziej praktyczny problem jego odmowy użycia urządzeń do pomiaru hormonów nie miał żadnego logicznego wyjaśnienia.

Dziś nie trzymamy się już platońskiego podziału na ciało i duszę. Nauka i filozofia dowiodły, że nie ma niezależnej istoty, którą moglibyśmy nazwać duszą. Ciało i dusza to tylko przejawy tego samego zjawiska: życia. Tam, gdzie nie ma życia, brakuje też duszy lub, w najlepszym przypadku, jest uśpiona. W każdym razie nie ma aktywności duszy bez ciała, a zatem każde żywe ciało ma duszę albo, inaczej, dusza każdego żywego organizmu jest także jego ciałem. Potwierdza to również doświadczenie. Ludzie są znacznie szczęśliwsi, odkąd zaczęli stosować się do tego poglądu. Niektóre koncepcje wyszły z użycia, na przykład: poświęcenie. Ta koncepcja była możliwa tylko wtedy, gdy wierzono, że istnieje coś świętego poza naszą egzystencją. Poświęcenie to nic innego jak odrzucenie ciała w pogoni za wyższą wartością. Ale teraz wiemy, że nie ma nic bardziej świętego niż samo życie i że odrzucając nasze ciało, popełniamy świętokradztwo. Tak więc w dzisiejszych czasach podejmowane są tylko rozsądne działania. Jeśli wyrzeka się czegoś na rzecz kogoś, kogo się kocha, to radość, jaką odczuwa się ze szczęścia tej osoby jest nagrodą i dlatego nie jest to poświęcenie. Ale jeśli się czegoś wyrzeka, marnując to tylko bo nie wierzy się w ziemskie przyjemności, to wyrzeka się samego życia i szkodzi się samemu sobie a w konsekwencji całemu społeczeństwu. Tego rodzaju nieodpowiedzialne zachowanie jest obecnie potępiane.

Wiele innych pojęć wypadło z użycia, zwłaszcza religijne i patriarchalne: pobożność, wina, odkupienie, patriotyzm, heroizm. Mówiąc wprost, nikt już nie dokonuje bohaterskich czynów. Każdy dba o siebie i robi wszystko, co w jego mocy, aby pomóc innym, a to wystarcza społeczeństwu. Sam fakt nie bycia ciężarem dla innych jest wystarczająco heroiczny. Widzimy bohaterstwo w działaniach, które w waszych czasach byłyby uważane za błahe, takie jak noszenie ochrony podczas robienia czegoś niebezpiecznego i unikanie zbędnego ryzyka. Cała farsa zła i bohaterów pochodzi z tej samej dychotomii ciała i duszy. W dzisiejszych czasach nikt nie może być zły, bez szkodzenia również sobie. Poza tym zło nie przyjmie się w harmonijnym społeczeństwie. Ponieważ zło kwitnie tylko w złu, jeśli w społeczeństwie nie ma negatywnych uczuć, pojedyncza zła osoba nic nie może zrobić; byłoby to jak próba podpalenia zdrowych drzew w lesie. Zło, jak się dowiedzieliśmy, jest tylko symptomem chorego społeczeństwa, i nie ma antybohaterów, a są po prostu ludzie, którzy manifestują, co jest nie tak ze światem. Dlatego szczególnie życzliwie traktujemy osoby, które przejawiają nikczemne cechy, tak jak reagujemy na wołanie dziecka o pomoc.

Przyznaję, że Valentin jest płaczącym dzieckiem, więc nie da się go przeoczyć. Musimy zwrócić na niego baczną uwagę; ale czy sposób w jaki postępuje Milena jest właściwy? Czy może istnieć stabilna relacja seksualna z osobą regresywną? Jaki jest sens ich spotkań, jeśli nie tylko nieodpowiedzialną stratą czasu? Aby ograniczyć straty, Valentin mógł poszukać odpowiedniej partnerki wśród osób z tym samym stanem, a Milena mogła oszczędzić im obu złamanego serca z powodu nieuchronnego rozpadu ich związku. Choć bardzo lubię Valentina, nie mogę przestać widzieć, że nie jest stworzony do budowania stabilnej więzi i że ma szkodliwy wpływ na tę dziewczynę. Objawia wszystkie symptomy wstecznego nastawienia, przez które nie rozpoznaje rzeczy takimi, jakimi są.

Dawno temu, przez swoje podekscytowane ego, ludzie przywiązywali zbyt dużą wagę do efektu motyla, który trzepocząc skrzydłami może wywołać huragan w odległym miejscu, ale to zjawisko jest jak fale na wodzie: system w końcu wraca do swojego naturalnego biegu. Tak więc właściwie nie ma możliwości anulowania pewnej przyszłości poprzez zmianę przeszłości, tak samo jak nie ma możliwości zablokowania ujścia rzeki. Oto, co reprezentuje nasza obecna randkowa aplikacja: to przeznaczenie jest w naszych rękach. Przypadek jest tylko cechą zasady entropii. Jeśli wszyscy są zorganizowani, zmniejszamy efekt szansy i uzyskujemy więcej pozytywnych wyników, czyli takich których oczekiwaliśmy. Obecnie stosowany przez nas system dopasowywania obejmuje prawie wszystkie dostępne osoby; nieliczni, którzy zdecydują się zrezygnować, robią to, ponieważ albo nie szukają związku, albo są obojętni na znalezienie partnera. Ale ci z nas, którzy naprawdę kogoś poszukują, korzystają z aplikacji, która szybko dopasuje nas do naszych potrzeb i pragnień. Proces ten zmniejsza efekt losowy, który jest szkodliwy dla harmonijnego systemu. Losowo nie zdobędziemy kogoś, kto w pierwszej kolejności nie zostanie nam przedstawiony i dopasowany odpowiednim systemem. Przypadek jest tylko eufemizmem braku organizacji, który parę tysięcy lat temu mógł być zabawny, ale teraz jesteśmy świadomi jego szkodliwości. Połączenie polega na podaży i popycie: mężczyzna i kobieta wybierają spośród swoich zalotników w określonym momencie swojego życia. Nie ma przeznaczenia ani bratnich dusz; tylko dwie linie zbiegają się w tym samym momencie. Nie ma nic, co czyni kogoś bardziej wyjątkowym od innych osób, poza naszą wolą. Jesteśmy zasadniczo zwierzętami i wcześniej łączyliśmy się bardziej losowo, ale wraz ze świadomością i technologią przychodzi większa odpowiedzialność. Dziś możemy spotkać naszego idealnego partnera; nie musimy polegać na przypadku i romansie, aby go poznać. Romans to tylko sposób na usprawiedliwienie słabego podejmowania decyzji przez nostalgię i samooszukiwanie się. Nasi partnerzy nie są zasadniczo przystojniejsi, mądrzejsi ani milsi niż małżonkowie innych osób, ale jest wartość dodana wynikająca z tego, że ich wybraliśmy i istnieje przywiązanie tworzone przez bliskość, dzięki której lubimy się wzajemnie. W przeszłości wielu czekało, aż coś w ich sercach kliknie, i nazwali to: zakochiwaniem się, ale teraz wiemy, że tak nie jest. Moglibyśmy zdać się na przypadek i poczekać, aż zakochamy się we współpracowniku lub przyjacielu i podtrzymać ten związek poprzez romantyczne mechanizmy, takie jak nostalgiczne wspomnienia i wyobrażenia o wierności. Ale bardziej korzystne jest rozpoczęcie od dokładnego wyboru i sprawdzenie, czy jest tam dopasowanie charakterów, ponieważ, mimo wszystko, wygląd nie może zastąpić osobowości. Ponadto istnieje granica odpowiedzialności partnera. W związku najłatwiejsze do osiągnięcia jest partnerstwo, poprzez tolerancję i skupienie się na wspólnym celu, jakim jest założenie rodziny. Mimo jeśli to czego szukamy jest tylko ulotnym romansem, najlepsze możliwe wyniki zapewnia aplikacja, ponieważ algorytm pozwala na zaangażowanie na każdym etapie. A biorąc pod uwagę fakt, że dysponujemy ogromną ilością wolnego czasu, jesteśmy zawsze czujni na pragnienie seksu i miłości i mamy możliwość łatwo je zapewnić za pomocą aplikacji. Dziś nie ma ani jednej osoby, która jest samotna z powodu braku połączenia z kimś; są tylko samotnicy z wyboru, którzy są singlami na chwile albo na stałe.

Jest to również związane z koncepcją piękna, która dziś panuje. Atrakcyjność seksualna jest wynikiem balansu hormonów w organizmach. Oczy odzwierciedlają duszę, a zewnętrzne piękno odbija wewnętrzne. Nauczyliśmy się szukać właściwych znaków. W przeszłości często pożądano przerośniętych mięśni i nadmiernie krągłych atrybutów kobiecości, podczas gdy teraz pociągają nas wyłącznie oznaki zdrowia, płodności i odporności, takie jak proporcjonalnie szerokie biodra u kobiet i ogólnie szczupłość u obu płci, co wskazuje na prawidłowy metabolizm. Geny odpowiedzialne za powodowanie otyłości przestały występować w naszym genomie, między innymi dlatego, że codziennie otrzymujemy same składniki odżywcze zapewniające dobową dawkę mikro i makroelementów. Inżynieria genetyczna i dobra dieta wyeliminowały otyłość z naszej puli genów.

Eugenika genetyczna została de facto wdrożona, gdy tylko ułatwiająca ją technologia stała się powszechnie dostępna. Większość ludzi wybrała zaprojektowane dzieci tylko po to, by dać potomstwu najlepszą możliwą szansę w życiu. Niektórzy nadal rezygnowali z tego wyboru, czasami rodząc dzieci z pewnymi brakami. Jednak te genetyczne pozostałości nie wystarczyły, aby dominować w globalnej puli genetycznej i ostatecznie zaczęły zanikać. Wciąż mamy do czynienia z niepożądanymi genami, poza nowymi, ciągle pojawiającymi się w macicy, zmutowanymi genami, które w większości wycinamy w zarodku, chyba że uznamy je za nieszkodliwe dla płodu. Było kilka niegroźnych mutacji, podobnych do bielactwa lub albinizmu, które dziś niektórym dały łaciatą skórę, a nawet zielonkawy odcień, lub innym purpurowy wręcz czerwonawy kolor oczu. Pojawiły się również mutacje wzmacniające, które dawały niektórym ludziom większą wytrzymałość fizyczną, większą odporność na zjawiska pogodowe i większą zdolność do oddychania powietrzem o niskiej gęstości tlenu. Jedną z najbardziej pozytywnych mutacji, która wystąpiła, była osteoplastyczność, która dała bardziej elastyczne i mniej kruche kości. Chociaż pojawiła się po raz pierwszy u Ziemian, została zreplikowana na większość Marsjan, aby lepiej przystosowali się do grawitacji ich planety. Powstały również błędy w przypadku genów, które spowodowały niepożądane mutacje, które jednak po porodzie zostały genetycznie skorygowane. Jednym z najbardziej wyróżniających się był gen samospalenia, który dawał zdolność koncentracji temperatury ciała w wybranym miejscu na ciele do punktu, w którym można było coś podpalić lub, w skrajnych przypadkach, samemu zapłonąć. U niektórych pacjentów zdolności tej czasami nie można było kontrolować, co powodowało oparzenia trzeciego stopnia i dlatego musieli być leczeni genetycznie. Rodzice w większości zgadzali się na edycje tego genu, jeśli się tylko pojawił, u poczętego potomstwa, aby uniknąć w ten sposób niepożądanych skutków, a jego funkcja i tak nie wpływałaby na ulepszenie życia. Jednak podobna mutacja: hiperregulacja metaboliczna, jest nie tylko dozwolona, ale czasami nawet dodawana do niektórych płodów, aby były w stanie wytrzymać trudne warunki klimatyczne. Rzadko tak się robi na Ziemi, ale na Marsie jest to dość powszechne.

Religijność również została wyodrębniona ze społeczeństwa i całkowicie zneutralizowana. Nauczyliśmy się kierować naszym instynktem boga. Wszyscy prorocy, na których opierały się religie, byli zwykłymi szarlatanami. Na przykład Jezus powiedział: „Poznacie prawdę, a prawda was wyzwoli", co jest trafne. Jednak powiedział też: „Jestem drogą, prawdą i życiem", co jest niezgodne z jego pierwszym stwierdzeniem i niezgodne z naturą prawdy, która jest w swojej istocie antydogmatyczna. Wszyscy mają własną prawdę, która przenika każdego inaczej. Ona musi być przemyślana, a nie zaakceptowana z góry. Jest to pokarm intelektualny, który nie może być karmiony na siłę, ale trzeba go przeżuwać i trawić. Jezus miał rację, że tylko przez prawdę można być wolny. Poszukiwanie jej jest ciągłym procesem którego zaprzestaje się po przyjęciu jakiejś religii, która niewątpliwie pod pewnymi względami jest prawdziwa, ale jednocześnie utrwala przestarzałe koncepcje życia. Zresztą, gdyby bóg dał nam wszystkie odpowiedzi, nie pozostałoby nam nic innego, jak tylko umrzeć. Dlatego religie są z natury pesymistyczne, toteż mówią o końcu świata.

Jednocześnie, religie opierają się na prawdziwych zasadach, takich jak zasada wieczności. Gdyby ktoś próbował zmienić przeszłość lub ingerować w normalną ewolucję życia, mógłby to zrobić tylko do pewnego momentu, ale ostatecznie natura decyduje, czy kontynuować, czy też poddać się i zacząć wszystko od nowa. Koniec i nowy początek wszechświata może być wywołany jedynie przez wielką nierównowagę, której natura nie może kontrolować. W miarę jak my, ludzie, stajemy się potężniejsi, możemy coraz bardziej destabilizować naturę, ale stajemy się też na tyle mądrzy, by tego nie robić.

Jednak sama nasza egzystencja stanie się pewnego dnia na tyle destabilizująca dla przyrody, a entropia będzie tak wielka, że natura nie będzie w stanie sobie z nią poradzić i sama się zresetuje. W ten sposób rozumiemy teraz koniec świata i pojmujemy koncepcję pochodzenia wszechświata.

Rozdział ósmy

(Dźwięk mikrofalowego promieniowania tła jest słyszalny przez kilka sekund, po czym zanika.)

Jestem Valentin. Kiedy Efrain powiedział mi o tym sprzężeniu, postanowiłem też coś wam powiedzieć. Codziennie rozmawiam z Efrainem, ale nie zgadzamy się ze sobą, więc pomyślałem, że muszę przedstawić własną perspektywę. Wiem, że on uprzejmie przekaże tę wiadomość poprzednim pokoleniom i miejmy nadzieję, że przy okazji uzyska nowe spojrzenie na mój sposób myślenia.

Cały ranek sprawdzałem zegarek. Jest późno, ale na co? Wydaje mi się, że jest za wcześnie; jakbym mógł spać jeszcze kilka godzin bez żadnych konsekwencji. Życie to taka prosta sprawa; wszystko sprowadza się do oszczędności energii. Dlaczego rośliny rosną w kierunku słońca? Dlaczego mamy tylko parę oczu i rąk, jedno serce i mózg? Dlaczego się śmiejemy? Dlaczego istnieje podział pracy? Dlaczego umieramy? Wszystko prowadzi do tej samej odpowiedzi. Czasami mamy rozbłyski energii, ale to wyjątek, a nie reguła. Jak na przykład teraz: jak długo mogę nadążyć za swoją euforią? W końcu wrócę do równowagi psychicznej, bez względu na to, jakie mam szczęście w życiu. Tak właśnie jest ze szczęściem: możemy je wyraźnie odczuwać podczas tych przejściowych okresów ekstazy lub też odczuwać jego brak podczas głębokiej melancholii, ale generalnie nie jesteśmy go świadomi, ponieważ jest ono naszym naturalnym stanem psychologicznej ekonomii. Mózg intensywnie pracuje podczas snu, aby uporządkować bałagan, który robimy w trakcie aktywności, by zapewnić nam czystą kartę na początek naszych nowych dni, a mimo to wciąż ją zapełniamy emocjami, nie zdając sobie sprawy, że są one tylko szkodą dla istoty szczęścia: pustką.

Spędziłem te poranne godziny mojego bezczynnego życia, próbując zebrać myśli, by napisać list do Mileny. Uważam, że przepaść między nami musi zostać pokonana. Wiem, że łączy nas silna więź, oparta na instynktownym pociąganiu, ale jak złagodzić obawy Mileny i ugasić sprzeciw społeczeństwa? Najpierw pomyślałem, żeby ułożyć dla niej wiersz, ale dziś nikt nie docenia wierszy. Powiedziała mi, że to najgorszy sposób na osiągnięcie sukcesu, nieskuteczny wydatek emocji, strata intelektu i czasu. „Aby być z kimś, musisz być cały" - powiedziała - „i nie rozproszony na zawiłe sentymenty. Okazywanie komuś swoich surowych uczuć jest nadużyciem intymności. Jesteśmy odpowiedzialni za nasze uczucia, tak samo jak za czyny; więc nie możemy pozwolić im być niekontrolowanym, ale musimy je powściągnąć i przemyśleć zanim okażemy je innym. Wiersze są dla samotników, a nie dla ludzi, którzy chcą być szczęśliwi". Zgadzam się z nią, ale nadal lubię czuć, jak moje serce nabrzmiewa poezją. Jednak ona uważa, że to niezdrowy przerost serca, podobnie jak inne przestarzałe nawyki, takie jak picie czy palenie tytoniu.

Dzisiejsze leki są jedynie wzmacniaczami psychotropowymi bez efektów ubocznych lub odstawienia i służą wyłącznie do celów leczniczych. Depresanty, takie jak alkohol, nie są dostępne prawie nigdzie, choć kiedyś zdarzyło mi się wypić dawkę sześćdziesięciu pięciu mililitrów destylowanego wina kupionego w aptece. Przez kilka minut czułem się jakbym umierał; później nastał stan przygnębienia wzmagany przez mieszaninę mrocznych myśli i apatii. Ale potem zrobiłem się śmielszy, jakby śmierć nie miała już znaczenia; jakbym odrodził się z popiołów mojego poprzedniego, małostkowego ja. Teraz rozumiem, dlaczego alkohol tak bardzo uzależnia. Pragnąłem, aby więcej tego eliksiru życia wlewało się do moich ust; być przez niego owładniętym. Ale farmaceuta stanowczo odradzał mi to, więc pozwoliłem, aby pragnienie życia wygasło, a moje ciało zwiotczało. Musiałem się na chwilę położyć i zdrzemnąć. Takiego wspaniałego doświadczenia odmówiono naszemu pokoleniu. Rozumiem ryzyko, ale czy w końcu nie wszyscy umieramy? Milena powiedziała kiedyś, że rozmowy o śmierci to ślepy zaułek. Ona jest jak rozradowany kwiat, a ja czuję się jak nieszczęsne błoto u jej stóp, stopniowo pochłaniające jej składniki odżywcze. Wkładam cały swój wysiłek w wyłączenie tej ciemności, kiedy jestem z nią, ale chciałbym, żeby Milena, jak bagienna orchidea, mogła rozwijać się w bagnie mojej duszy. Pragnę pokonać przepaść między nami, dlatego napisałem wiersz, tak jak Ave Caesar, przywitanie tych, którzy mają umrzeć.

...a czym jest werset, jeśli nie skargą duszy?
a wiersz, jeśli nie urokliwym głuchym krzykiem?
jeśli nie ty, inna; jeśli nie by cierpieć,
dlaczego się urodziliśmy?
to nie w tobie, ale we mnie zgubiło się dzikie serce,
je znaleźć i mocno się go trzymać,
czy pozwolić mu wybić swoje melodie...

Urodziłem się z regresją, rzadkim stanem, wcale nie zabawnym. Mówią, że mój mózg jest zbudowany inaczej, w staromodnej formie. Mój sposób myślenia jest interesujący dla ludzi; nie znajdują w tym żadnego problemu, ale postrzegają mnie jako dziwaka. Rozumieją, tak samo jak rozumieją, dlaczego koty naturalnie boją się wody, ale rzadko nawiązują ze mną emocjonalny związek. Muszę przyznać, że ja z drugiej strony nie rozumiem części logiki ich działań, a jednorodność wartości i zachowań w społeczeństwie mnie przeraża. Wiem, że kiedyś tak nie było. Wartości były subiektywne, a społeczeństwo w jedności utrzymywał konformizm. Ale dziś nie ma konformizmu, tylko komunia myśli i uczuć. To tak, jakby ludzie ewoluowali w kierunku ula. W teorii ewolucji to nawet nie ma sensu. Gatunki ewoluują w kierunku specyficzności, a społeczeństwa w stronę podziału pracy i specjalizacji. Myślałbym, że różne zawody miałyby odmienne światopoglądy, ale nie; wszyscy mamy wspólny rdzeń, jakby połączyła nas siła telepatyczna.

Niestety jestem odłączony od tego rdzenia, więc jestem wyrzutkiem. Z niektórymi rzeczami zdecydowanie się nie zgadzam, a innych po prostu nie rozumiem. Widzę również rzeczy, których nikt inny nie widzi, ale wszystkie te rzeczy są uważane przez społeczeństwo za nieistotne. Jestem nieskoncentrowany, tak jak widz, który podczas meczu piłkarskiego zwraca większą uwagę na piłkarzy, którzy nie posiadają piłki. Wiem, że to dziwne, a nawet bezużyteczne, ale nie mogę nic poradzić na to, że jestem nonsensowny. Nie jestem pszczołą; nie widzę jasnego celu w moim życiu, więc po co być skutecznym? Nie obchodzi mnie, kto wygra lub przegra mecz; czasami w ogóle nie lubię futbolu.

Żyję w izolacji, ponieważ jestem zbyt aspołecznym dla reszty ludzi. Jestem ekstrawertykiem, ale zachowuję się w sposób, który większość ludzi uważa za aspołeczny. W końcu konsensus społeczny określa, co jest społeczne, a co nie, a ja po prostu jestem poza spektrum. Chociaż społeczeństwo zgadza się, że jestem dziwny, to dla mnie świat jest wspak, a nie ja. Jestem sobą i nie chcę negować własnego istnienia, ani dostosowywać się do rzeczywistości innych ludzi. Cóż, ja patrzę inaczej. Mam powracający sen o porwaniu. Ktoś włamuje się do mojego domu, podchodzi do mnie i prosi apodyktycznym tonem, żebym poszedł za nim, a może za nią. Trudno odgadnąć, bo postać skryta jest całkowicie za peleryną, narzuconą na garnitur i do tego ma metalowy hełm zakrywający całą twarz. Naramienniki robią wrażenie dobrze zbudowanej, muskularnej sylwetki, ale w sumie nie mam pojęcia, co kryje się pod tym całym strojem. Metaliczny głos został tak zmieniony, że nie sposób rozpoznać do kogo mógłby należeć, a może to po prostu natura snu nie pozwala mi bardziej skupić się na tym szczególe. Im bardziej chcę wiedzieć, czy to mężczyzna, czy kobieta, tym bardziej staje się niewyraźny, jakby się rozmywał w neutralny głos bez wieku. To dla mnie bardzo ważne, przez kogo mam być porwany, ale mój sen nie zgadza się ze mną a ponadto sprawia mi radość z porwania. „To syndrom sztokholmski!", chcę krzyczeć, ale sen na to nie pozwala. Pokazuje mi tylko, jak skrupulatnie zaplanowano moje porwanie, jak gorliwy jest mój porywacz. Pewnie on lub ona ma ostatecznie samolubny cel, ale nic o tym nie wiem. Czy tak samo nie jest z każdą osobą? Czy wszyscy nie mamy samolubnych celów, które podświadomie kierują naszymi działaniami? Nieważne jak to nazywamy, czy instynktami czy perwersjami, w większości się nimi kierujemy. Czym więc jest syndrom sztokholmski, jeśli nie emocjonalną odpłatą wobec kogoś, kto swoją dodatkową uwagą wzmocnił nasze ego? Moje nieistotne ja nabiera nowego wymiaru wraz z tym porwaniem. Staję się czyimś centrum uwagi; moje zachowanie jest teraz istotne. Ta osoba istnieje w tej chwili tylko dla mnie, a ja istnieję tylko dla niej. Co dziwne, nie jestem związany ani nawet zamknięty w swoim pokoju. Drzwi bywają nawet zdradziecko uchylone i zamykam je, żeby nie było szans na ucieczkę. Czuję, że jeśli zostawię je otwarte, społeczeństwo zmusi mnie do opuszczenia pokoju i złamania milczącej umowy z porywaczem: że ufa, iż nie ucieknę. Wyczuwam obecność ludzi na zewnątrz. W szmerach, przytłumionych głosów, słyszę jak pytają siebie, dlaczego ta osoba mnie porwała, i krzyczę: „Cholera! To nie wasz sprawa!". Mojego porywacza nie wzrusza całe zamieszanie i napełnia mnie spokojem. Obserwowałem, jak ta osoba, delikatnie, ale stanowczo, porusza się wokół mnie, emanując uczuciem i troską. Jestem zachwycony, patrząc na każdy ruch, jakbym oglądał choreografię wykonaną tylko dla mnie. Czuję się wręcz zobowiązany do obejrzenia tego wszystkiego z wdzięczności. Wtedy zdaję sobie sprawę, że ta osoba potrzebuje mnie tak bardzo, jak ja jej. Jesteśmy karmą a interwencja społeczeństwa z absurdalnymi zasadami dotyczącymi motywów i celów jest zbędna. Teraz widzę wyraźnie, kiedy ta osoba patrzy mi w oczy, że po prostu istnieje przy mnie; że całe to porwanie było tylko podstępem, by oszukać innych, ale nie mnie. Widzę to wszystko jasno.

Rozdział dziewiąty

Pojechaliśmy z Erin w dwumiesięczną podróż do Japonii. W dzisiejszej globalizacji różnice kulturowe zatarły się, oprócz walorów turystycznych, które są utrzymywane dla rozrywki. Aby to zrekompensować, krajobrazy i architektura są bardzo zróżnicowane na całym świecie, naśladując nieskazitelny stan terenu tam, gdzie to możliwe, oraz zachowując historyczną wierność fasad i zabytków. Nie jest to takie trudne, jak się wydaje, ponieważ historia zakończyła się w dwudziestym trzecim wieku wraz z zasiedleniem Marsa. Od tego czasu nie było już żadnych przeszkód, ani nie było już potrzebne stawianie nowych budynków predestynowanych do bycia zabytkami. Przestali istnieć bohaterowie i antybohaterowie; tylko byli ludzie oddani doskonaleniu społeczeństwa lub realizacji swoich egoistycznych celów. W każdym razie te dwie ścieżki nigdy się nie zbiegły, ale obie zapewniały owocne życie, bez względu na to, czy prowadzone ekstrawertycznie, czy introwertycznie. Tak jak nie było już bohaterów na arenie politycznej, tak nie było celebrytów w środowisku kulturalnym. Sztuka wciąż żyje, ale nie ma już trendów. Społeczeństwo osiągnęło szczyt indywidualizmu w dwudziestym czwartym wieku i od tego czasu utrzymuje się na stałym poziomie. Sława i autorytet są wciąż aktualne, a niektórzy ludzie są bardziej utalentowani, rozbudzeni, bystrzejsi lub zręczniejsi niż inni, więc są naśladowani, ale tylko przez osoby o podobnych zainteresowaniach. Nikt nie jest przesadnie sławny, tak jak kiedyś. Odkąd społeczeństwo przestało ulegać mechanizmom faworyzowania i przywilejów, sława nie ma już żadnych korzyści, tylko talent i umiejętności mają.

Dwumiesięczny urlop dwa razy w roku jest w dzisiejszych czasach średnią. To wystarczająco dużo czasu, aby zanurzyć się w środowisku i zaangażować w lokalną społeczność. Właściwie, według waszych standardów, byłoby to raczej nazywane wolontariatem, ponieważ generalnie Erin i ja jesteśmy pomocni gdziekolwiek jedziemy na wakacje, by nawiązywać kontakty z mieszkańcami. Erin jest lekarzem, więc wykonała nieraz bezpłatne badania kontrolne, zwłaszcza nieśmiertelnym, których w tym regionie nie brakowało. Zainteresowałem się lokalną fauną, co szczerze mówiąc było powodem, dla którego tu przyjechaliśmy. W miejscowym zoo, miałem przyjemność zająć się różnymi zwierzętami, których nigdy wcześniej nie spotkałem, w tym dwoma, które znajdują się na mojej liście kontrolnej zwierząt, więc musiałem koniecznie zobaczyć: ibisa czubatego i lamparta Tsushima. Chociaż tęskniłem za końmi, było mi smutno, gdy niepostrzeżenie nasze dwumiesięczne wakacje dobiegły końca. Na szczęście, opiekun zoo powiedział mi, że mogę wrócić kiedy będę miał możliwość a na pewno znajdzie mi coś do roboty.

Jakkolwiek, podczas naszego pobytu, mieliśmy więcej zajęć niż tylko pracę. Zwiedzanie jest nadal popularną formą spędzania wolnego czasu, a Japonia ma bardzo skomplikowaną architekturę ze względu na wymagania terenu i zjawiska naturalne kraju. Z uznaniem oglądałem wzmocnione konstrukcje odporne na trzęsienia ziemi. Struktury łamiące fale na brzegach są jedyne w swoim rodzaju, a pułapki lawowe wokół wulkanów wyglądają naprawdę fantastycznie, nawet dla moich futurystycznych oczu. Muszę wyjaśnić, że kraj ten był konsekwentnie wyludniany przez ostatnie tysiąclecia, a dziś liczy tylko trzydzieści milionów mieszkańców. Pozostawiło to sporo miejsca dla dzikiej przyrody, którą zawsze należy chronić przed niebezpiecznymi zdarzeniami naturalnymi.

Japonia wyróżnia się tym, że jest jednym z niewielu krajów, które odzyskały ląd z morza. Podczas Wielkiego Potopu pod koniec waszego obecnego stulecia, dwadzieścia procent japońskiej ziemi zajęło morze. Niestety oznaczało to, że większość japońskich miast była zanurzona w wodzie. Stało się tak na całym świecie, a większość krajów zdecydowała się odbudować swoje cywilizacje na wyższych terenach, ale Japonia nie miała zbyt dużego wyboru. Stworzyli system tam i pomp, które w ciągu kilkudziesięciu lat pozwoliły im spuścić wodę z większości obszarów i zacząć użytkować je ponownie. Ponadto, ponieważ przygotowali się na Wielki Potop wzmacniając swoje miasta aby mogły przetrwać nadchodzącą katastrofę, ich budynki nie zostały całkowicie zniszczone przez napływającą wodę morską, więc nie musieli odbudowywać wszystkiego, jak zmuszone były zrobić inne kraje. W ten sposób działania ochronne podjęte przed powodzią, w połączeniu z systemem zapór powodziowych, były o wiele bardziej ekonomiczne niż działania podjęte przez inne kraje w celu zapobieżenia, a następnie naprawienia szkód spowodowanych przez klęskę żywiołową. Dziś Japonia wraz z kilkoma innymi krajami, takimi jak Wielka Brytania, Irlandia, Bahamy, Singapur, Bahrajn, Holandia, Hongkong, Kuwejt, Tajwan, Korea Południowa i Malta, są jedynymi krajami, które zdecydowały się na wyczerpującą meliorację wodną. Oznacza to, że większość zaludnionego obszaru tych krajów znajduje się obecnie poniżej poziomu morza, chroniona przez wodoszczelny system zapór i pomp. Dziś dysponujemy technologią do realizacji globalnego projektu melioracji poprzez zamrożenie dużych ilości wody w niemieszkalnych miejscach w pobliżu słupów i pokrycie ich warstwą materiału odbijającego światło, który zapobiegnie jej topnieniu. Na przykład Antarktyda, po Wielkim Potopie, była zamieszkana przez wiele narodów. Stała się niepodległym krajem, złożonym z uchodźców z całego świata. Jednak od początku czwartego tysiąclecia, z powodu krótkiego czasu nasłonecznienia, jest coraz bardziej wyludniana, od pięciuset milionów mieszkańców w dwudziestym trzecim wieku do zaledwie sześciu milionów obywateli migrujących dzisiaj. Obywatele migrujący to kolejny fenomen naszej epoki. Są to osoby, które mieszkają w miejscu w okresie słonecznym, a następnie wyjeżdżają do drugorzędnego miejsca zamieszkania, by po pół roku wrócić. Te sezonowe migracje na ogół odbywają się w grupach, dzięki czemu społeczeństwa nie tracą spójności. Dzieci pozostają w kontakcie ze swoimi towarzyszami zabaw, młodzież ze swoimi nastoletnimi miłościami i rówieśnikami, a dorośli ze swoimi kolegami, przyjaciółmi i klientami.

Wielkie tereny Japonii, podobnie jak wiele innych regionów świata, stały się dużym rezerwatem przyrody i atrakcją turystyczną, także ze względu na swoją ciekawą historię. Wszędzie mieści się dużo interaktywnych muzeów, a Japonia nie jest wyjątkiem. W mieście Himeji, zanurzyliśmy się w historii Japonii. Przez cały dzień, byłem samurajem, a Erin ninja i walczyliśmy w wojnach watażków z okresu Sengoku. Nazajutrz Erin próbowała być gejszą, ale nie podobało jej się to tak bardzo, więc oboje zostaliśmy na jeden dzień trenerami pokemonów. Kocham to. Fantastyczne zwierzęta naprawdę odzwierciedlały wyjątkowość japońskiej fauny i znowu byłem smutny, gdy Erin powiedziała mi, że jest fajnie, ale nie chciała powtórzyć tego doświadczenia.

Rozdzieliliśmy się na dobę, a ja grałem dalej w pokemony, podczas gdy ona poszła zwiedzać miasto. Następnego dnia dołączyłem do niej, bo nie chciałem przegapić innych zajęć, takich jak wizyta na górze Fuji. Kupiłem jednak własnego pokeballa i holopokemona. Wybrałem Charmeleona, ponieważ wydawał się dobrym reprezentantem tej wspaniałej krainy smoków. Pokeball to prosta piłka wykonana za pomocą komputroniom, co daje jej inteligentne funkcje, takie jak otwieranie się podczas rzucania, wypuszczanie lub odzyskiwanie pokemona, a następnie wracanie do ręki. Pokemon to jednak holoanimacja, czyli w pełni sensoryczny hologram stworzony przez jednostkę nanobotów. To urządzenie może zaaranżować efekty wizualne, słuchowe i dotykowe. Chociaż są nieszkodliwe, mogą wywoływać u ludzi niebezpieczne reakcje, dlatego pokemony są zabronione osobom bez odpowiedniego przeszkolenia. Lata studiów zoologicznych i treningu koni dały mi zieloną kartę bycia posiadaczem pokemonów po zaledwie dwudniowym przyspieszonym kursie obsługi tych stworów, w którym brałem udział w godzinach porannych, podczas gdy Erin badała ludzi. Algorytm Charmeleona jest bardzo złożony, ponieważ obejmuje zachowanie kilku rodzimych jaszczurek o fantastycznych cechach przypisywanych historycznie smokom. W rzeczywistości może rzucać kulami ognia, których holograficzne płomienie mogą zapalić łatwopalne przedmioty, których dotykają, gasząc się po kilku minutach. Nie było tanio, ale na pewno zapewni mi to wiele godzin rozrywki.

Podejmując decyzje kierujemy się przede wszystkim zasadą przyjemności. Stoicyzm i inne podobne nurty filozoficzne są dziś przestarzałe, ponieważ życie nie jest już powodem cierpienia, ale nieskończonym źródłem przyjemności. To prawda, że ludzie nadal umierają, ale prawdą jest również, że nie przywiązujemy się emocjonalnie tak bardzo, jak ludzie z waszej epoki. To nie jest buddyzm ani jakiekolwiek duchowe oświecenie, ale zwykła świadomość naszej samotności. Jesteśmy indywidualnymi bytami, które od czasu do czasu się zbiegają, ale nigdy nie tracimy swojej niezależności. Jeśli kropla deszczu wpadnie do morza, wydaje się, że została zagubiona, ale jeśli ta kropla jest świadoma, to po wyparowaniu odzyskuje swoją tożsamość. Może ulec zmianie; może zachować jakąś pamiątkę, ale to nadal ta sama kropla deszczu. Zwłaszcza jeśli chodzi o relacje, zasada przyjemności jest zawsze przestrzegana, aby zdecydować, czy pozostać z kimś, czy nie. Nie ma idealnych partnerów, tylko wystarczająco dobrzy partnerzy. Oznacza to, że nie idealizujemy nikogo, ale kochamy z otwartymi oczami. Jeśli jakaś osoba jest na tyle atrakcyjna, by nie wzbudzić naszego instynktownego błądzącego oka, i jeśli jest na tyle interesująca i uprzejma, by zapewnić sobie znośną koegzystencję, trzymamy się jej; w przeciwnym razie szukamy dalej. Jednak Valentina to nie obchodziło. Twierdził, że to, co czyni kogoś wyjątkowym, to to, że poświęcasz mu swoją uwagę, że wybierasz go, aby był wyjątkowy. Jest to oczywiście rozumowanie pokrętne, które nie podlega najmniejszej analizie, ponieważ w takim przypadku każdy może być wyjątkowy, co sprawia, że wszyscy stają się przeciętnymi. Jakkolwiek bezzasadna może być atrakcja, nadal pozostaje poza naszą kontrolą, więc decyzja o skierowaniu na kogoś uwagi jest zawsze oparta na uczuciach, a nie na odwrót. Teza Valentina jest jednak po części słuszna: żadna osoba nie jest wyjątkowa sama w sobie, ale czynimy ją taką, kiedy zostaje przez nas wybrana. To to samo, co powiedzenie: Mona Lisa może być wspaniałym obrazem, ale to nic, jeśli nie ma światła, które sprawi, że będzie można go obserwować. Jedynym problemem związanym z twierdzeniem Valentina jest to, że pozbawia nas ono możliwości dawania i przyjmowania daru naszej uwagi.

Niemniej jednak, Milena zerwała z Valentinem. To musiało się wydarzyć, ale Valentin wydaje się nie akceptować tego faktu. Mogliby mieć szansę na szczęście, gdyby stonował swój romantyzm, ale właśnie pogorszył go, gdy ją poznał. Wydawało się, że bojkotował swoje szczęście i, szczerze mówiąc, był to smutny widok. Wiem to tylko od Valentina, ale sposób w jaki mi to powiedział, był dla mnie główną wskazówką o jego stanie. Cały czas był niezrównoważony, bardziej niż zwykle. Teraz doskonale rozumiem, dlaczego osobom z regresją zaleca się odosobnienie. Generalnie spotkanie z kimś jest dobrym katalizatorem dla zwykłych ludzi. Stają się bardziej zintegrowani ze społeczeństwem i opracowują nowe długoterminowe cele swojego życia. Socjalizacja biologicznie wywołuje również zmiany hormonalne, które pobudzają ewolucję psychologiczną. Bycie w jakimkolwiek związku jest więc zawsze pozytywne, z wyjątkiem przypadków braku równowagi emocjonalnej lub psychicznej, jak u Valentina. Jak tylko wróciłem z wakacji, poszedłem do niego osobiście. Przyznam, że na wakacjach nie utrzymywałem z nim kontaktu, poza kilkoma wymienionymi wiadomościami, z których jedna informowała mnie, że on i Milena przestali się widywać dwa tygodnie przed moim powrotem do Posnania. Na podstawie mojej teoretycznej wiedzy na temat regresji spodziewałem się, że będzie zdenerwowany, kiedy wrócę, ale jego stan przerósł moje oczekiwania: był całkowicie zwariowany, jakby zaraził się jakąś starożytną chorobą wirusową. Jego emocje były jak gorączkowa reakcja na wirusy, którą mieliśmy przed współczesną medycyną. Uważam, że takie zachowanie jest bardzo rzadkie: efekt połączenia regresu Valentina i jego idealistycznego charakteru.

Starałem się go pocieszyć, ale bezskutecznie; był jak dziecko, któremu odmawia się słodyczy na śniadanie. Próbowałem sprawić, by rozsądek przeniknął do jego mózgu, mówiąc mu, że wszystko w ich relacji było sprawiedliwe i uczciwe: Umawiali się na randki, a ona postanowiła to przerwać; że nie powinien brać tego do siebie, że ona widziała to przed nim, że związek się nie ułoży, bo prędzej czy później na pewno też by to widział; że powinien skupić się na pozytywach: dreszczu, jaki dostał ze związku, emocjach, które z pewnością poprawiły jego osobowość. W końcu życie jest niczym bez emocji, zarówno dobrych, jak i złych. Z tego, co wiemy, tylko to jest prawdziwe: uczucia. Niegdyś filozofowie zadawali pytania: czy istniejemy, czy jesteśmy wytworem naszej wyobraźni? Czy coś jest prawdziwe? A czym jest rzeczywistość? Te pozornie próżne pytania zawierają w sobie ziarno prawdy: możemy pojmować rzeczywistość tylko naszymi zmysłami, a zatem rzeczywistość jest podatna na naszą subiektywną percepcję. Tęcza może być magicznym wydarzeniem dla dziecka, podczas gdy dla dorosłego jest tylko zjawiskiem pogodowym; starożytna rzeźba może być dla kogoś wspaniałym dziełem sztuki i historii, podczas gdy jest po prostu ukształtowanym marmurem dla kogoś innego. Dziś jesteśmy tak samo świadomi podmiotowości ludzkiego umysłu, jak ludzie w przeszłości, ale nie pozwalamy, aby zmysły przejęły kontrolę nad naszym intelektem. Próbowałem sprawić, by Valentin spojrzał obiektywnie na swoją sytuację, wykraczając poza jego emocjonalną percepcję, ale był nieugięty w swoim smutku. Popadł w użalanie się nad sobą tak, jak męczennik popada w sprawę, która go zabija. Ale w dzisiejszych czasach nie wierzymy w męczeństwo; jest to odrażające dla naszej wrażliwości. To deprecjonowanie wartości życia jest dziś nieetyczne i jest jednym z najwyraźniejszych oznak regresji. Tak jak w przeszłości ludzie skracali swoje życie za pomocą narkotyków, złych nawyków i złej diety, Valentin marnował swoje życie tęskniąc za kobietą, z którą nie było mu dane być.

Jego szaleństwo było jednak wysoce intelektualne. Odparł mój pogląd na podmiotowość, mówiąc, że tak jak nasza wyobraźnia stworzyła technologię i sztukę, nasz umysł może kontrolować nasze uczucia i zmieniać naszą przyszłość; że jakkolwiek nieoczywista przyszłość między nim a Mileną była właśnie teraz, jeśli oboje się do tego zobowiążą, będzie to możliwe. Wyjaśniłem mu, że technika i sztuka są raczej wytworem inspiracji niż wyobraźni; że wytwarzając technologię i sztukę reagujemy na naturę i życie, a zatem nasza wyobraźnia jest również produktem ubocznym bycia żywym. Tak jak ptak hornero wyobraża sobie gniazdo, które buduje, my wyobrażamy sobie obrazy, muzykę, budynki i technologie. Jesteśmy narzędziem natury, tak samo jak tornado; tylko my jesteśmy świadomi naszego istnienia. Grecy jasno to nakreślili w swoich mitach o bohaterach, którzy sprzeciwiali się losowi, czyli woli natury. Niestety, hedonizm i kult ego sprawiły, że ludzie lekkomyślnie zauważyli, że wszystko jest możliwe, jeśli tylko przywiążą do tego swoje umysły i serca. Powiedziałem mu, że jego krucjata przeciwko obecnej sytuacji między nim a Mileną z pewnością przyniesie mu tylko niezadowolenie, ponieważ nawet gdyby udało mu się zdobyć jej sympatię, odbyłoby się to za cenę jego spokoju ducha. Nierównowagi uczuć nie da się przezwyciężyć wysiłkiem, ale po prostu dystansując się od drugiej osoby. Mechanika przyciągania działa w taki sposób, że im więcej wysiłku wkładasz w przyciągnięcie kogoś, tym mniej pozytywnych rezultatów uzyskujesz. Właśnie dlatego ludzie ewoluowali w kierunku łatwizny emocjonalnej rezygnowania z kontaktu z ludźmi, z których nie są w pełni usatysfakcjonowani, ponieważ prowadzi to do bardziej owocnego połączenia z odpowiednią osobą.

Rozdział dziesiąty

(Dźwięk mikrofalowego promieniowania tła jest słyszalny przez pięć sekund, jakby ktoś starał się dostrajać do stacji. Dźwięk stopniowo zostanie całkowicie stłumiony, przez głos narratora.)

Jest rok cztery tysiące dwudziesty drugi, a dotąd znane życie przestało istnieć. Wielu twierdzi, że żyjemy w raju, że to jest niebo na ziemi, ale to prowadzi do prostego kontrargumentu: Czy nie trzeba najpierw umrzeć, aby pójść do raju?

W tym czasie jestem naukowcem, co oznacza również, że jestem filozofem. Dziś nauka i filozofia to jedność, ponieważ proces naukowy zatoczył pełne koło. Rozłam między filozofią a nauką i wynikłe rozgałęzianie się na różne dziedziny nauki zakończyły się ponad tysiąc lat temu, w okresie zwanym: Oświeconym Ciemnym Wiekiem. W tym okresie ogłoszono koniec nauki, ponieważ nie było już nic, co można było pojąć własnymi zmysłami. Nastąpiło odrodzenie abstrakcyjnego teoretyzowania, aby spróbować zrozumieć wszystkie posiadane przez nas informacje. Skończyliśmy z rozbiorem rzeczywistości, ponieważ zmierzyliśmy ją aż do jej nanokwarków. Teraz chodzi o wypróbowywanie nowych perspektyw i szukanie nowych interpretacji życia i wszechświata. W ten sposób udało nam się przełamać kontinuum czasu rzeczywistości i przemówić do was z przyszłości. Potrzebna technologia istniała przez cały czas, ale nie mogliśmy jej wcześniej pojąć, tak samo jak homo sapiens zawsze byli przystosowani do mówienia, ale po prostu nie postrzegali swoich ust jako narzędzi mowy, dopóki niektóre z nich nie zdały sobie z tego sprawy, że oprócz jedzenia i całowania, usta są również przydatne do wydawania dźwięków.

Aby wyjaśnić, w jaki sposób jesteście w stanie odebrać wiadomość, która została nagrana dwa tysiące lat od chwili, gdy ją czytacie, pomyślmy o zjawisku zwanym pamięcią. Możecie myśleć, że wiecie, czym są wspomnienia, z tego, że je posiadacie, a może słyszeliście lub czytaliście o utracie pamięci i jej zawiłościach. Ale czy kiedykolwiek zastanawialiście się, czym są wspomnienia z ontologicznego punktu widzenia? Na przykład, czy kiedykolwiek zadaliście sobie proste pytanie: czy moje wspomnienia są prawdziwe, czy są tylko wytworem mojej wyobraźni? Odpowiedź na to pytanie brzmi: Wspomnienia nie są prawdziwe, chociaż opierają się na rzeczywistości, tak samo jak filmy i książki, a właściwie każda forma sztuki. Jednak w waszym czasie istnieje wyraźne rozróżnienie między fikcją a rzeczywistością, między Supermanem a Adolfem Hitlerem. Jedno nigdy nie istniało, a drugie jest tak realne, jak osoba leżąca obok was w łóżku, czyż nie? Może to wam brzmieć dziwnie, ale historyczny Hitler nie jest prawdziwy, a tylko opiera się na prawdziwej osobie. Prawdziwy Hitler miał więcej myśli i uczuć niż te zapisane w podręcznikach historii. Centrum egzystencji Hitlera leżało w jego umyśle i być może sam dla siebie nie był ludobójcą ani manipulatorem, ale kochającym mężem, miłośnikiem zwierząt domowych, idealistą i utalentowanym politykiem o wielkich ambicjach dla swojego kraju. Po prostu stawiam tu hipotezę; nie można wiedzieć co dokładnie czuł Hitler, ponieważ nie zostało to nagrane. To samo można powiedzieć nawet o waszych partnerach czy przyjaciołach: Wyobrażenie o nich, które macie, jest jedynie fikcyjne, ponieważ nie możecie w pełni uchwycić ich tożsamości w swoich umysłach. Wróćmy jednak do wspomnień. Doskonale pamiętacie ten dzień, w którym braliście ślub lub mieliście straszny wypadek. Dzień ślubu był piękny, słoneczny i na dodatek z promienną tęczą, ale chwileczkę... Jak to się stało, że w słoneczny dzień była tęcza? Czy przez cały czas było naprawdę słonecznie, czy po prostu zapomnieliście o prysznicu, który zmoczył niektórych z waszych gości? A może po prostu tego nie zauważyliście, ponieważ euforia zablokowała wszystkie te drobne niedogodności. Czy może macie doskonałą pamięć i pamiętacie każdy szczegół waszego ślubu, a może po prostu wszystko nagraliście, ale... Czy zapisaliście to jako najszczęśliwszy dzień w waszym życiu? Albo jako początek wyczerpującej drogi prowadzącej do późniejszego rozwodu? Czy uważacie swój ślub za przerwę w swoim nieszczęściu, czy za źródło całego waszego obecnego zła? A jeśli nadal jesteście szczęśliwym małżeństwem z tą osobą, czy oboje jesteście tymi samymi ludźmi, którzy pobrali się tego dnia, czy też zmieniliście się razem z miłością wobec siebie? Czy oglądanie ślubu sprzed dziesięciu lat nie jest jak oglądanie filmu, w którym aktorzy wyglądają jak młodsze wersje was samych? Czy wasze obecne emocje nie wpływają na waszą interpretację obrazów, które oglądacie? Czy te obrazy, które wyglądają tak realnie, istnieją naprawdę, czy po prostu są duchami przeszłości?

To, co staram się w ten sposób pokazać, to to, że wspomnienia zbudowane są na wspomnieniach, a nie na rzeczywistości. Tak jak ujął to Allan Poe: Życie jest snem, który się śni we śnie. Tak naprawdę nie potrafimy ogarnąć rzeczywistości ani życia, a wszystkie nasze próby idą na marne. Możemy tylko marzyć i tworzyć wspomnienia będące replikami życia, ale nie samo życie. Od momentu stworzenia wspomnień w grę wchodzi nasza podmiotowość. Pamięć dziecka to nie to samo, co pamięć matki, chociaż wydarzenie było dokładnie takie samo. A ponadto moja dzisiejsza pamięć różniłaby się od pamięci, którą stworzyłbym, gdyby to samo stało się ze mną jutro. Ponieważ natura życia to zmiana, a wraz z nami zmieniają się wspomnienia. Nasza interpretacja przeszłych wydarzeń zmienia się wraz z nami, a tym samym zmieniamy naszą przeszłość, gdy dowiadujemy się nowych rzeczy o nas lub świecie.

Przyjrzyjmy się procesowi tworzenia pamięci: Najpierw interpretujemy zdarzenie i tworzymy replikę w naszej głowie. Następnie zapamiętujemy tą replikę lub oglądamy ją ponownie, za każdym razem zmieniając jej interpretację. W zależności od tego, ile razy oglądamy to wspomnienie, zostaje po prostu wspomnieniem wspomnienia, tak odległego od rzeczywistości, która je zainspirowała, że równie dobrze mógłby to być akapit w naszej ulubionej powieści. Proces ten nazywa się: konstrukcją pamięci, a jego przeciwieństwem jest: dekonstrukcja pamięci, która polega na zmianie naszej przeszłości poprzez jej reinterpretację. Oto zadanie, które zostało mi powierzone: postęp wsteczny. Poprzez manipulowanie kontinuum czasu rzeczywistości jestem w stanie wpoić lub zainspirować przeszłe nagranie, tak jakby osoba wygłaszająca przemówienie miała objawienie. Proszę jednak pamiętać o podstawowym prawie fizycznym: Nic nie jest tworzone ani niszczone, ale po prostu przekształcane. Dlatego każde objawienie, jakkolwiek nowatorskie może się wydawać, jest wytworem rzeczywistości. W zasadzie nie ma myśli, która nie była wcześniej pomyślana, ale zmienia się tylko jej forma i perspektywa, tak jak zmienia się obraz, im bardziej się do niego zbliżamy. A ponieważ obecnie jesteśmy w stanie przełamać linearne kontinuum przekazu informacji, mogę nadać myśli wstecznie, co jest celem tej transmisji. Dzisiejszy świat jest rajem technologicznym: technologia i wartości zbiegły się w społeczeństwie, które szanuje naturę i postęp. Wczesne społeczne dychotomie: komunizm kontra kapitalizm, ekologia kontra postęp przemysłowy, a nawet ciało kontra dusza zostały pokonane. Dzisiejsza technologia służy do ulepszania przyrody, a nie do jej niszczenia, a pomagając jej, pomagamy postępowi ludzkości. Ale ten trend, zwany technologią natury, stał się dominujący już pod koniec waszego obecnego stulecia, kiedy samozapłony wielu lasów na całym świecie i powodzie głównych miast przybrzeżnych z powodu topnienia czap lodowych zmieniły ścieżkę industrializacji. Cała technologia na początku stała się przyjazna dla środowiska, aby stopniowo stać się całkowicie ekologiczna, czyli wnosząca wkład w naturę. Paradygmat zmienił się z korzystania z technologii do kształtowania natury dla naszych potrzeb na używanie technologii do dostosowywania się do natury.

Mogłem spędzić wiele dni na wyjaśnianiu jednego postępu technologicznego; jednak nie jest to zadanie, które otrzymałem, tylko bardziej ambitne: wywołać radykalną zmianę mentalną w waszym pokoleniu. Wspomniałem, że czapy lodowe stopiły się, podnosząc poziom morza o sześćdziesiąt metrów, ale to tylko przypadkowość. W życiu są pewne i przypadkowe fakty. Pewnym faktem jest to, że umierają wszystkie żywe istoty, w tym ludzie. Przypadkowym faktem jest to, że umrę w wypadku samochodowym lub z powodu niewydolności serca we śnie. Dzięki naszej obecnej technologii byliśmy w stanie zapobiec wszelkim niepożądanym, nieprzewidzianym wydarzeniom w teraźniejszości, a moim projektem jest rozpoczęcie zapobiegania im z mocą wsteczną, czyli w przeszłości. Odbywa się to poprzez dostarczanie informacji niezbędnych do zmiany waszego obecnego sposobu myślenia i działania. To żmudne zadanie, ponieważ ewolucji nie można wymusić, a organizm musi być gotowy fizycznie i psychicznie na zmianę, co oznacza, że aby móc przyjąć zmianę, potrzebna jest technologia i odpowiednia mentalność.

Zakładając, że akceptujecie zmianę, którą zaproponuję, jaki efekt będzie miała ta zmiana w mojej teraźniejszości? Na to pytanie już częściowo odpowiedziałem wyjaśnieniem działania pamięci. Nikt obecnie nie straci pamięci, ani niczyje życie nie zmieni się drastycznie. Wyjaśnię teraz pojęcie drastycznej zmiany. Gdyby ktoś jutro stał się waszym sąsiadem, a wy mielibyście go spotkać i zakochać się w nim, czy to oznaczałoby, że jego przeprowadzka była drastyczną zmianą w waszym życiu? Prawidłowa odpowiedź brzmi: Nie, ponieważ jego wprowadzenie jest tylko przypadkiem; faktem jest, że byliście gotowi się zakochać i świadomie lub podświadomie szukaliście partnera, którego i tak byście znaleźli w pracy, na ulicy czy w internecie. To, co wydaje wam się tak potrzebne: jego zamieszkanie w sąsiedztwie, jest tylko przypadkiem, tak jak zatopienie głównych miast. A co wtedy stałoby się, gdybyście unikali topnienia czap lodowych? Buenos Aires, Nowy Jork, Amsterdam, Sankt Petersburg, Hongkong i wiele innych miast po prostu pojawiłyby się ponownie w moim czasie, tak samo jak wasz sąsiad pojawił się w mieszkaniu obok was. Mieszkający tam ludzie mieliby powiązania handlowe z resztą nas, tak jak gdyby nasze firmy pozyskały nowych partnerów z dnia na dzień. Jednak najpierw nie byłoby żadnych osobistych powiązań między nimi a nami, tak samo jak na początku nie było żadnego związku między wami a waszym sąsiadem.

Czyli niedrastyczność oznacza brak radykalnych zmian. Żadna z żyjących już osób nie umrze ani pojawienie się tych wszystkich nowych ludzi nie wpłynie na ich przeszłość. Oczywiście ci ludzie wpłynęliby na ich przyszłość, tak jak fala uchodźców zmienia dzieje każdego kraju. Jeśli chodzi o informacje, wszystkie rejestry uwzględniałyby te nowe osoby, co oznacza, że zostałyby one automatycznie dodane do wszystkich naszych systemów. Jedyną rzeczą, która udowodniłaby, że wcześniej nie istniały, byłyby nasze wspomnienia. Ale już wiemy, jak kruche są wspomnienia. Nasza społeczna potrzeba adaptacji do rzeczywistości automatycznie odrzuci te przestarzałe wspomnienia i przystosuje się do nowej rzeczywistości. Oczywiście ktoś mógłby doczepić się, że Nowojorczycy nie są prawdziwi i że powinniśmy ich wszystkich usunąć, ale tak naprawdę nie działa nasze obecne społeczeństwo. W teraźniejszości przyjmujemy zmiany i ewolucję; nie staramy się im przeszkadzać. Dlatego też wierzymy, że ten projekt jest teraz możliwy: ponieważ zarówno wy, jak i my jesteśmy gotowi go zrealizować.

Najtrudniejszą rzeczą dla każdego aktywisty jest rozmawianie o głodzie z ludźmi, którzy mają chleb. Chociaż topnienie czap lodowych jest ogromną katastrofą, nie dotknie bezpośrednio więcej niż trzydzieści procent populacji, co jest niewielką liczbą, aby rozpocząć rewolucję. Również fakt, że ta katastrofa będzie następować stopniowo, jak woda powoli osiągająca temperaturę wrzenia, powoduje zaniedbania ze strony ludzi, którzy już wiedzą, że będą dotknięci, ale nie wiedzą dokładnie kiedy i w jakim stopniu. Ponadto, jak w każdym kryzysie, ludzie, którzy zdążą się zorientować, mogą po prostu skorzystać z sytuacji, na przykład sprzedając swoją nieruchomość zlokalizowaną w narażonych na katastrofę miejscach i uciekając, póki jest jeszcze czas. Ale nie staram się do tego nakłaniać, więc uwierzcie mi, kiedy mówię, że moje zadanie jest naprawdę trudne. To, czego chcę, to podniesienie świadomości i apelowanie do wystarczającej liczby ludzi, aby zmiany można było dokonać na czas. Aby odnieść sukces, pozostałe siedemdziesiąt procent osób, które nie zostaną bezpośrednio poszkodowane, muszą zaakceptować zmianę tylko z powodu miłości do ludzkości i natury.

Chociaż niezliczone gatunki wyginą przez katastrofę, a wielu ludzi popadnie w ubóstwo, to tylko przypadek, który może być spowodowany przez inny czynnik, taki jak globalna wojna nuklearna, która w rzeczywistości byłaby znacznie bardziej katastrofalna. Na szczęście wasze społeczeństwo rozwija się w tempie, które wkrótce przezwycięży niebezpieczeństwo globalnej wojny nuklearnej. To wyraźny przykład społeczeństwa doganiającego technologię, w przeciwieństwie do innych przypadków, tak jak rewolucja przemysłowa, która stworzyła wiele problemów społecznych. Szczerze mówiąc, cokolwiek człowiek robi, ma niewielkie znaczenie dla całej ludzkości. Myśląc o najgorszym scenariuszu: globalna pożoga lub śmiertelna pandemia, która unicestwi połowę świata, spowolniłaby tylko nieuniknioną ewolucję naszego gatunku w kierunku harmonii między sobą, technologią i naturą. Jako jednostki jesteśmy wolni, ale jako gatunek mamy przeznaczenie, do którego nieuchronnie dążymy. Wracając do bardziej optymistycznego scenariusza Nowego Jorku i innych miast wyłaniających się z mórz: Ich nagłe powstanie nie zabiłoby ani nie zaszkodziłoby żadnej osobie żyjącej już na Ziemi, ponieważ one były predestynowane do życia. Tutaj wkraczamy w temat metafizyczny: Naukowcy odkryli, że narodziny, podobnie jak śmierć, są pewnymi faktami w życiu każdego człowieka. Oznacza to, że ludzie nigdy nie rodzą się przypadkowo; w rzeczywistości przypadek nie istnieje w naturze, lub jak powiedział Einstein: Bóg nie gra w kości. Istnieje metafizyczna siła rządząca naturą i popychająca żywe istoty do przodu. Możemy manipulować przyrodą do woli, ale nie możemy zatrzymać ewolucji. Z poprzednich, drobnych manipulacji przeszłością, które zostały zrobione, zostało odkryte, że nie ma to wpływu na teraźniejszość żyjących ludzi, tak jakby równanie życia zostało ponownie uruchomione przy każdej z tych manipulacji kontinuum czasowym, a zatem ponownie równało się zeru. To znaczy: przeszłość i przyszłość można zmienić, ale nie teraźniejszość.

Pozwólcie, że przedstawię to jaśniej na przykładzie: Gdybyście po przeczytaniu tego tekstu mieli odnaleźć moją genealogię i zabić jednego z moich przodków, aby spróbować wymazać mnie z mojej obecnej egzystencji, po prostu urodziłbym się z innych rodziców. Zmienilibyście moją przeszłość, ale nie moją teraźniejszość. W pewien sposób niewidzialna siła rządząca naturą wyzerowałaby tę zmianę, doprowadzając mnie do osiągnięcia tej samej sytuacji w moim obecnym życiu. To prawo równowagi było już widziane przez naukowców z waszych czasów, którzy odkryli, że różne gatunki dochodziły do ewolucji tych samych narządów różnymi drogami. Dlatego zarówno mucha, jak i człowiek mają oczy, chociaż pochodzą od wspólnego, niewidomego przodka. Zwierzęta są z góry zdeterminowane, aby wyczuwać swoje środowisko, a najlepszym możliwym sposobem jest poprzez ewolucję oczu. Ale istnieje narząd nawet ważniejszy niż oczy, aby wyczuć otoczenie: mózg. I jest jeszcze ważniejszy element niż mózg: nasza świadomość, której pamięć pozostaje w kodowaniu natury, dopóki nie jest pojmowana przez czyjś umysł. Ta metapamięć może pozostać uśpiona przez wieczność, ale to nie znaczy, że przestanie istnieć. Oznacza to po prostu, że została przekształcona w coś innego, wpływając dalej na tkankę rzeczywistości.

Teraz przechodzę do zadania, o którym mowa: Próbować odwieść was od pobocznego niszczenia Ziemi. Nie robicie tego celowo; nikt nie oskarża was o czynienie zła. Ale pomyślmy o naturze zła. Weźmy paradygmat zła: diabła. On po prostu zbuntował się przeciwko Bogu, tak samo jak Francuzi zbuntowali się przeciwko Ludwikowi XVI. Zło jest buntem przeciwko status quo, a zatem jest subiektywne. Dla Ludwika XVI ten morderczy tłum był czystym złem, tak jak Lucyfer był dla Boga. Tak więc dla natury jesteście źli, tak samo jak rak jest dla nas zły. A głównym problemem jest to, że natura nie jest dla nas czymś zewnętrznym: my też jesteśmy istotami naturalnymi; więc im bardziej niszczymy naturę, tym bardziej szkodzimy sobie. Może się to wydawać sprzeczne z intuicją, ale kwestia ekologiczna jest najzwyczajniej kwestią humanitarną. Prawdziwym pytaniem nie jest to, czy musimy dbać o przyrodę, co jest już oczywiste z każdego logicznego punktu widzenia, ale czy my, ludzie, jesteśmy z natury źli. Jeśli potrafimy odpowiedzieć na to pytanie, nie będziemy już zagubiać się w naszej roli jako gatunku w życiu i świecie.

Instynkt samozachowawczy doprowadził do wielu okropności, takich jak wojny i holokaust. Z logicznego punktu widzenia możemy powiedzieć, że ludzie rodzą się źli, to znaczy nasz stan naturalny jest zły dla obcych, czyli dla ludzi z innych plemion. Empatia i humanizm są wytworem wychowania i muszą zostać zaadoptowane przez każdą osobę, aby mogła się stać w pełni człowiekiem. To jest dziś socjopsychologiczna prawda i podstawa naszego obecnego społeczeństwa. Jak wszystkie inne prawdy, ta podlega obaleniu, ale na razie stała się naszym paradygmatem. Zasadniczo oznacza to, że ludzie, którzy nie przyjęli zasad humanistycznych, są odpowiednio traktowani jako nie w pełni ludzie, a zatem otrzymują mniej praw niż reszta z nas. Oznaczyliśmy tych ludzi jako: regresyjni, to znaczy ludzie, którzy cofają się w wartościach, wracają do rdzenia ludzkości, aby spróbować dotrzeć do naszych pierwotnych instynktów. Cenimy je jako środek do poprawy naszego człowieczeństwa, ponieważ instynkty sprawiają, że jesteśmy tym, kim jesteśmy i bardzo ważne jest nie tracić z nimi kontaktu. Jednak dostrzegamy w nich też niebezpieczeństwo, więc nie możemy pozwolić, by działały zupełnie swobodnie. Dlatego w tak liberalnym społeczeństwie jak nasze, istnieje zastrzeżenie dla grupy ludzi, którym nie można po prostu pozwolić na swobodne interakcje ze społeczeństwem. Nie są więźniami; nie wierzymy w pozbawianie ludzi wolności fizycznej. Więzienia zostały zakazane ponad tysiąc lat temu na całym świecie. Istnieje jednak dobrowolna izolacja dla osób, które jej potrzebują, biorąc pod uwagę, że psychologicznie udowodniono, iż wolna wola jest najważniejszym czynnikiem w leczeniu socjo-psychologicznym.

Poza tym dzięki naszej obecnej technologii nie musimy już przetrzymywać potencjalnie niebezpiecznych ludzi, ponieważ liczymy się z wszechobecnymi satelitami i systemami śledzenia, które pozwalają nam przez cały czas wiedzieć, kto znajduje się na naszych peryferiach. Kradzież nie wchodzi już w grę, a fizyczne uszkodzenie innych lub siebie jest praktycznie niemożliwe ze względu na nanoboty znajdujące się w każdym ludzkim siedlisku lub w halo-kombinezonach, które można przewozić na wycieczki do naturalnych siedlisk, takich jak lasy. Oczywiście, samobójstwo jest dozwolone, więc ludzie mogą pójść do lasu bez kombinezonów i zabić się, zanim nanoboty zdołają temu zapobiec, albo mogą powołać się na prawo do eutanazji. Nawet w grupie wysokiego ryzyka, na przykład wśród regresyjnych, nie widzieliśmy jeszcze przypadku niebezpiecznej przemocy fizycznej, chociaż często obserwujemy zachowania destrukcyjnie społecznie. Dlatego zaleca się tym ludziom, aby w jak największym stopniu odizolowali się od reszty społeczeństwa. Nie jest to traktowane jako kara, ponieważ nie są winni tego, że się tacy urodzili, ale jako leczenie, które należy zastosować, jeśli chcą wyzdrowieć. Było kilka przypadków osób, które odmówiły leczenia i zdecydowały się postępować zgodnie z własnymi przekonaniami, ale spotykały się z pozytywną dyskryminacją pozostałych osób, które chciały uniknąć niebezpieczeństwa związanego z nimi. Opowiem historię jednej z tych osób, a może to wam trochę oświeci ludzką naturę i podpowie jak sobie z nią radzić.

Jeszcze się nie przedstawiłem. Jestem Conrad i mam sto dwadzieścia lat. Jestem seniorem, co czyni mnie mądrym, ale nie starym. W dzisiejszych czasach ludzie żyją do dwustu lat. Historia, o której chcę wam opowiedzieć, stała się wśród nas swego rodzaju legendą. To tak ostrzegawcza opowieść, że jest wykorzystywana w przełomowych badaniach psychologicznych i socjologicznych. Z mojego filozoficznego punktu widzenia przedstawię wam interpretację tej historii, wraz z tym, co według mnie jest najważniejszym faktem. Bohaterami tej historii są młodzieniec z regresją o imieniu Valentin i młoda kobieta o imieniu Milena. Oboje urodzili się z prawem do szczęścia, ale kiedy się spotkali, cierpieli na coś, co w psychologii nazywa się kompleksem Romea i Julii: gwałtowną chęcią nawiązania relacji pomimo granic społecznych. Granice między Romeem a Julią były niesprawiedliwe dla kochanków, ale konieczne ze względu na niebezpieczeństwo, jakie niesie związek między wrogami. Wszystkie rodzaje relacji mają za ramę społeczeństwo, w którym żyją jednostki, więc niemożliwe jest ominięcie granic społecznych bez porzucania tego społeczeństwa. Problem Romea i Julii polegał na tym, że nie mogli opuścić swojego społeczeństwa pozostając przy życiu. Przypadek Valentina i Mileny był bardziej złożony: mogliby opuścić społeczeństwo i żyć samowystarczalnie, ale istniejąca granica społeczna zabraniająca osobom regresywnym związania się ze zwykłymi ludźmi ma uzasadnienie psychologiczne: to że ludzie z tak wyraźną różnicą w poziomie rozwoju intelektualnego nie mogą stworzyć równego związku.

Większość tego, co wiemy o tej parze, pochodzi od Efraina, bezpośredniego świadka który zarejestrował swoje spostrzeżenia, i od psychologów Valentina i Mileny. Ze wszystkich sesji psychoterapeutycznych Valentina wybrałem tę jako wprowadzenie do nastroju Valentina w tamtej chwili.

(Po kilku sekundach dźwięku mikrofalowego promieniowania tła, Valentin zaczyna mówić).

„Czy kiedykolwiek spojrzałeś na kogoś na ulicy wyobrażając sobie, że jest ci kimś bliskim, że jesteś związany z tym nieznajomym i nie tylko przypadkiem znajdujesz się w tym samym miejscu w tym momencie? Czy zastanawiałeś się, jak łatwo byłoby, gdyby ta osoba stała się dla ciebie droga? Jak długo to zajmie: pięć minut, trzy miesiące, dziesięć lat? Jaki wymysł oddziela nas od reszty świata? Co sprawia, że ta osoba jest kimś innym niż ja? To, co nas od siebie dzieli, to raczej nasze umysły niż nasze ciała. Nigdy nie mógłbym być tą

dziewczyną, którą widuję, ponieważ ona ma inne myśli niż moje. Mógłbym kontrolować jej ciało i patrzeć jej oczami, ale nie widziałbym tych samych rzeczy. Jesteśmy tak podobni, ale tak różni; tak połączeni, ale tak oddzieleni od siebie."

Tego rodzaju bezczynne myśli są typowe w regresji. Dzisiaj mamy do czynienia z faktami; wyobraźnia jest bezużytecznym narzędziem, jeśli nie służy celowi. Jeśli potraficie sobie wyobrazić, jak ta dziewczyna, którą widzicie, może zostać waszą dziewczyną, to jest to pozytywna wyobraźnia, ale myślenie „Co by było gdyby?" i nie robienie czegokolwiek jest negatywną wyobraźnią, bardzo niebezpieczną. Taką, która doprowadziła ludzi, aby uwolnić swoje umysły psychotropami w przeszłości. Te myśli, tak jak: „a co by było gdyby wojna nie istniała" są szkodliwe dla postępu. Nie mamy dziś wojny, ponieważ wyobrażaliśmy sobie to pozytywnie, realistycznie. Wyobraziliśmy sobie koniec gwałtownego konfliktu i wdrożyliśmy go. Tak więc, choć wysoko ceniona jest wyobraźnia, tak samo jak ceniona jest wiedza o tym, jak zapalić ogień, musimy nauczyć się kontrolować tę umiejętność, w przeciwnym razie staniemy się niebezpieczni dla siebie i innych.

O Milenie nie ma wiele wstępnie do powiedzenia, poza zdaniem, które kiedyś powiedziała świadkowi:

(Kilka sekund dźwięku mikrofalowego promieniowania tła)

„Tak bardzo cenię różnorodność, że kupuję różne rodzaje kasz, chociaż mam ulubioną. Bo gdybym nie miała możliwości ciągłego wyboru pomiędzy różnymi kaszami, moja ulubiona przestawałaby być wyjątkowa. Po prostu stałaby się kaszą, a ja nadal bym kaszę uwielbiała, ale wtedy nie miałabym wyboru,

tak samo jak nie mamy innego wyboru, jak oddychać powietrzem. Kupując kasze, które lubię mniej niż moja ulubiona, sprawiam, że moja kasza jest wyjątkowa."

Można powiedzieć, że Milena była idealistką, która przyjęła regresję, chociaż sama nie miała tej kondycji. Niestety przeniosła to przekonanie na poziom emocjonalny, kiedy zaangażowała się w związek z Valentinem. W ten sposób, złamała zasadę sumiennego zakochiwania się, która jest prawnie wiążącą, tak samo jak prowadzenie samochodu w waszym czasie. To znaczy, że nieodpowiedzialne związki są karane, tak samo jak jazda pod wpływem alkoholu jest w waszym społeczeństwie. Jednak nasze kary nie są nakazowe jak wasze; po prostu reprezentują wartość nadaną status quo. Mówiąc prościej, nasze kary nie mają na celu powstrzymania ludzi od popełniania przestępstw, ponieważ wolność jest najważniejszą wartością w dzisiejszym społeczeństwie, a fakt, że pewne działania są uważane za przestępstwa, ponieważ są niebezpieczne dla społeczeństwa, nie oznacza, że są moralnie złe. Dlatego ludzie tacy jak Milena, którzy popełniają przestępstwa, chętnie płacą karę, aby zrekompensować szkody społeczne, które potencjalnie ponieśli. W przypadku Mileny przestępstwo było tak poważne, że musiała zrezygnować ze swoich zwykłych praw i przyjąć prawa osoby regresyjnej, co oznacza życie we względnej izolacji i niemożliwość wykonywania pewnych czynności społecznych. Ale teraz zagłębimy się w historię, aby zobaczyć, czy możemy dowiedzieć się więcej o ludzkiej naturze.

Rozdział jedenasty

Spostrzeżenia Conrada z przyszłości były dla mnie zaskoczeniem. Kiedy nagrywałem tę wiadomość, spodziewałem się ingerencji Valentina, ale nigdy nie spodziewałem się, że otrzymam przekaz z najbliższej przyszłości. Z przesłania Conrada domyślam się, że sytuacja, w którą wpadłem, ma większe reperkusje dla ludzkości, niż wcześniej sądziłem. Miło mi powiedzieć, że jestem z siebie dumny. Niewiele rzeczy ma znaczenie w dzisiejszym świecie, w tym nowa wiedza i możliwość jej odkrycia. Aby nie podszywać się pod mój sukces i, co ważniejsze, nie zepsuć zakończenia, Conrad przerobił tylko wstęp do tematu i zostawił mi wskazówki do samodzielnego rozwikłania tej historii, więc teraz jestem do tego jeszcze bardziej zachęcony. Niestety Mileny nigdzie nie ma; po prostu rozpłynęła się w powietrzu. Otrzymałem jednak od Conrada wszystkie nagrania z obowiązkowych sesji psychoterapeutycznych, które ona zaczyna za dwa tygodnie i które potrwają prawie rok, po czym zostanie wypisana i wróci do normalnego życia, aż w końcu wznowi swój związek z Valentinem.

Teraz podzielę się tym, co Milena powiedziała podczas sesji, co może rzucić nowe światło na jej decyzję o powrocie do Valentina. Przede wszystkim muszę wyjaśnić, że Milena wyrazi zgodę na ujawnienie tych informacji, które w innym przypadku byłyby ściśle tajne. Zgoda ta jest tylko formalnością, ponieważ w dzisiejszych czasach wierzymy w swobodny przepływ informacji, ale dlatego że w grę wchodzi zdrowie psychiczne człowieka, informacje będą traktowane ostrożnie i ostrzeżenie zostanie uruchomione za każdym razem, gdy Milena ma zobaczyć lub usłyszeć coś związanego z jej przyszłością. Jest to dziś powszechna cecha, ponieważ niektóre z rzeczy, które mówimy lub robimy, są sprzężone zwrotnie, gdy mają znaczenie dla rozwoju ludzkości. Jeśli chodzi o odkrycia naukowe lub inne osiągnięcia, są one swobodnie ujawniane, co w zasadzie oznacza, że dzisiejsi geniusze od urodzenia słyną z tego, co stworzą lub odkryją w swojej przyszłości, ale w przypadku informacji wrażliwych, takich jak rozmowy czy fakty z czyjegoś życia osobistego, używany jest algorytm by regulować dostęp do nich. Oczywiście osoby, których temat dotyczy, mają prawo dostępu do informacji o swojej przyszłości, jeśli chcą, ale żadna z osób z ich pokolenia lub dwóch poprzednich nie ma prawa wglądu do jakiejkolwiek formy rejestru tych wydarzeń, a przekaz ustny przestał być wiarygodnym źródłem informacji. Dzisiaj mamy krótką pamięć, ponieważ nasze mózgi specjalizują się w analizowaniu informacji, a nie ich przechowywaniu.

Czy Milena uprzednio dowiaduje się o wydarzeniach ze swojego życia, czy nie, to jej decyzja i właściwie nie wiemy na pewno, czy czytała o swojej historii z Valentinem przed spotkaniem z nim, bo nigdy nie rozmawiała o tym z żadnym świadkiem, który się wypowiedział. W przypadku Valentina pytanie jest prostsze: On nie ma dostępu do akt dotyczących jego przyszłości, a każdy, kto będzie miał w nie wgląd, jest ostrzegany, aby nic mu nie mówił. To kolejny powód izolacji, w której żyją ludzie dotknięci regresją: ochrona przed rzeczami, z którymi nie mogą sobie poradzić poznawczo, takimi jak wiedza o ich przyszłości. To nie jest tylko teoria; dawno temu niektórzy regresywni dowiadywali się o swojej przyszłości z prac psychologicznych i nie mogli się uporać z tymi informacjami. Większość z nich wykazywała wzrost nieobliczalnych zachowań i apatię do życia, tak jakby ktoś zepsuł im film.

Moja ignorancja była właściwie błogością, to znaczy mam szczęście, że nie słyszałem o Valentinie przed spotkaniem z nim; w przeciwnym razie nasza relacja byłaby utrudniona przez moją odpowiedzialność, by przypadkowo nie powiedzieć mu niczego o jego przyszłości. Jak wspomniałem wcześniej, w dzisiejszych czasach mamy bardzo krótką pamięć, co nie oznacza, że nosimy przy sobie mniej informacji. Możemy uzyskać dostęp do danych dosłownie w mgnieniu oka i wyszukać dowolne informacje podczas spaceru, jazdy, a nawet rozmowy z kimś. Sztuczna inteligencja informuje nas o najistotniejszych faktach, których potrzebujemy w trakcie przemówienia lub w pracy. Wyobraźcie sobie narzędzie do sprawdzania myśli, które podobnie jak korygowanie pisowni poprawia nasze błędy, ale także podpowiada nam istotne fakty i informacje potrzebne do lepszego wykonywania naszych procesów myślowych. W przypadku poufnych informacji o osobie, mimo że są one blokowane dla osób z trzech najbliższych jej pokoleń, mogą wyciekać z innych źródeł, takich jak niektóre badania psychologiczne poprzedzające te pokolenia. Mam szczęście, że ogólnie nie interesuję się psychologią, bo na pewno słyszałabym o tym przysłowiowym związku miłosnym.

(Dźwięk promieniowania reliktowego jest słyszalny przez kilka sekund i zanika, gdy Milena mówi.)

„Odrzuciłam go, aby przywrócić mu wolność, ponieważ kochać naprawdę to poświęcić swoje osobiste pragnienie.

Miłość jest moralnym obowiązkiem, gdy znajdziesz właściwą osobę, a kochać to umrzeć za kogoś innego niż za siebie. Jeśli ktoś odrzuca twoją miłość, to oznacza zwrócenie ci wolności i powrotu do samolubstwa lub wyrzeczenia się go na rzecz wyższego celu: ludzkości, sztuki lub natury. Valentin jest po prostu zbyt dziki, aby można go było ująć w ramach związku; nie sądzę, że mamy konstrukcję społeczną, która odpowiada na jego potrzeby. Bardzo mnie boli pozwolić mu odejść, tak samo jak wypuszczenie dzikiej bestii z niewoli, kiedy to zwierzę stanie się dla nas bliskie."

„Czy miłość kojarzy ci się ze śmiercią?"

„W pewnym sensie... ale zupełnie jak popełnienie harakiri, zanim z pewnością zostanie się zabitym przez kogoś innego. Miłość to zasadniczo wybrać, jak umrzeć. Nieprawdaż? "

„Tak jest, ale co z odkupieńczą miłością? Miłością, która prowadzi do kontynuowania życia. Mówisz o wolności, ale czy nie jesteśmy skazani na życie? Czy uważasz, że najlepszym rozwiązaniem jest zabicie się zamiast dalszego przyczyniania się do życia?"

„Rozumiem twój punkt i prawdopodobnie znajdę sposób na dalsze przyczyniania się do życia, ale na razie mam silne, autodestrukcyjne uczucia do Valentina. Mam w nim nadzieje i to jest najtrudniejsze. Oczekuję, że wyrwie się z regresji i będzie mógł być ze mną szczęśliwy, ale rozważam również ryzykowną opcję rezygnacji z moich intelektualnych obaw, aby spróbować żyć nieświadomie szczęśliwie z nim, jakby pijaństwo naszych uczuć wystarczało do naszego szczęścia."

„To bardzo zdrowe uczucie, pomimo twoich uprzedzeń. Dobrze jest wiedzieć, kiedy odpuścić sobie słuchanie intelektu. Ewoluowaliśmy w kierunku rozumu i logiki, ale uczucia są dalekie od bycia logicznymi. Udało nam się nad

nimi zapanować i zrozumieć, ale nadal muszą zostać uwolnione, tak samo jak ta dzika bestia, o której wspomniałaś. W dzisiejszych czasach pokazujemy naszym uczuciom kierunek, w którym należy biec, ale co, jeśli po prostu pozwolisz swoim pędzić bez tchu? Myślisz, że później będziesz w stanie nad nimi ponownie zapanować?"

„To ciekawe, pocieszające pytanie. Myślisz, że mogłabym to zrobić? Czy był jakiś udany przypadek?"

„Teoretycznie mogłoby to zadziałać, ale nie byłoby to dla ciebie przyjemne, podobnie jak wychowywanie dziecka jest raczej obciążające dla rodzica. Możesz jednak czerpać altruistyczną przyjemność, jaką ma matka, widząc, jak jej dziecko staje się dobrą osobą, lub satysfakcja, jaką odczuwa nauczyciel, obserwując, jak jego uczniowie opanowują swoje dyscypliny. Niestety, nie sądzę, że można całkowicie odpuścić przy Valentinie, ponieważ może to wywołać reakcję łańcuchową z jego własnymi, dzikimi uczuciami. To, co proponowałem, to okresowe odpuszczanie, to znaczy najpierw on, a potem ty, aby utrzymać emocje w ryzach. Jestem pewna, że jesteś w stanie utrzymać swoją obojętność wobec jego okazywaniu uczuć, ale czy on jest w stanie nie zareagować impulsywnie na twoje?"

„Nie, nie jest, i dlatego myślę, że potrzebujemy czasu, aby ostudzić to co czuję do mnie. Jeśli jego uczucie przetrwa, to znowu będziemy razem, a jeśli nie, to zmarnuje rok życia, czekając na niego."

„Myślę, że rok to rozsądny okres czasu. Zgadzam się z twoją strategią i życzę powodzenia. Jeśli kiedykolwiek poczujesz się słaba lub bezsilna, natychmiast skontaktuj się ze mną. W przeciwnym razie spotkajmy się ponownie za dwa tygodnie, aby zobaczyć, jak radzisz sobie z towarzyszącymi emocjami."

„Dziękuję doktorze. Twoje słowa są bardzo pomocne."

Jednak na kolejnych sesjach Milena zaczęła wykazywać chwiejne zachowanie, prawdopodobnie efekt zaprzestania kontaktu z Valentinem przez miesiące.

„Nie chcę normalności; chcę niezwykłości, a niezwykłości nikt nie potrafi sprawić; można to tylko poczuć..."

„Dokładnie, nie możemy stworzyć niezwykłości, a jedynie odtworzyć ją w umysłach. Poza tym, niezwykłość implikuje normalność; bez normalności, jak mierzyć niezwykłość swoich emocji?"

„Znalezienie miłości jest zawsze niezwykłe, prawda?"

„Tak, ale miłość nie jest emocją, tylko decyzją. Nie znajdujemy jej, tylko bierzemy ją na siebie za każdym razem, gdy widzimy szansę i mamy na to ochotę."

„Wiem. Myślę, że miałam na myśli nową odwagę, którą znalazłam, kiedy postanowiłam pokochać Valentina. Gdybym tylko miała siłę..."

„Gdyby tylko... Ale pozwól Valentinowi być twoją twierdzą. Niech jego nieobecność będzie jak inspirujące milczenie, którym publiczność obdarowuje muzyków podczas ich występów. Jak długo jesteście w rozłące?"

„Przepraszam cię, doktorze, skłamałam przez przeoczenie. Spotkałam go kilka razy. Zbyt się wstydziłam, żeby ci powiedzieć. Nie zrobiłam tego ze względu na siebie; był zrozpaczony i bałam się o jego życie. Wiem, że to może cofnąć leczenie do zera, ale nie miałam serca, żeby go odrzucić. Nic fizycznego się nie wydarzyło, chociaż tak wiele razy nalegał. Próbowałam go uspokoić słowami, ale myślę, że moja obecność była bardziej istotna dla jego spokoju ducha niż moja logika. Czułam się jak smoczek dla dziecka; nigdy wcześniej nie miałam takich odczuć. To oczerniające, ale tak

satysfakcjonujące, chyba podobne do tego co matki czują, gdy uczą się uspokajać swoje dzieci. Tak niskie, tak nieadekwatne do naszego ludzkiego potencjału, ale jednocześnie tak ludzkie, tak bliskie naszej naturze."

„To nie natura, ale wychowanie. To prawda, że reprodukcja jest w naszej krwi, ale przyćmiewa inną naturę: ewolucję. Rozmnażanie jest zasobem organizmu, który utknął w swoim rozwoju, a zatem jest dla nas archaiczne, wraz z towarzyszącą mu odpowiedzialnością: wychowywanie dziecka. Zamiłowanie do rodzicielstwa ma zatem dzisiaj charakter atawistyczny, ale wspieramy je, aby nasze dzieci mogły rosnąć silne psychicznie. Nie ma nic złego w chęci bycia dobrą matką, ale złe jest przenoszenie tych uczuć na mężczyznę, którego się kocha. To emocjonalna pułapka, w którą wpadłaś, bo ten mężczyzna reprezentuje twoją płodność, czyli potencjalne potomstwo, a ponieważ on nie jest do końca rozwinięty emocjonalnie, starasz się nadrobić jego wady, traktując go jak niemowlę. Jednocześnie przypominasz mu o beztroskim dzieciństwie, co wzmacnia jego dziecinne zachowanie. To pewnie by się nie wydarzyło, gdyby on od początku nie był niedojrzały, ale jak już się znajdziesz w tej sytuacji, musisz się nauczyć wyjść z błędnego koła. Ponadto, jeśli chce się z tobą zobaczyć, musi to zrobić z właściwych powodów, a nie tylko by ukoić niespokojny umysłu, a ty musisz po prostu zaufać, że sam przetrwa. Jeśli nie jest w stanie sobie sam poradzić w życiu, nie możemy nic zrobić, aby pomóc, a jedynie rozczarujemy się, jeśli próbujemy powstrzymać nieuniknione."

„Rozumiem, doktorze, ale Valentin jest bardzo przekonujący. Tak trudno uwierzyć, że jest mniej rozwinięty niż my, kiedy słucha się jego elokwencji."

„Nie wszystkie piękne słowa są prawdziwe; czasami prawda jest po prostu brzydka. Pamiętaj, że zwierzę walczy najmocniej, gdy jest prawie pokonane. Po prostu zachowaj pokorę i pamiętaj, że nie jesteś nieomylna i możesz też wpaść w logiczne pułapki. Jestem pewna, że Valentin jest bardzo przekonujący w swojej samowoli."

„Jest, doktorze. Ilekroć przedstawia mi realia, które są dalekie od tego, jak je dzisiaj rozumiemy, to tak, jakby tysiąclecia nauki i intelektu poszły na marne. Chociaż widzę błędy w większości jego myśli, jest kilka iskier geniuszu, których nie mogę zignorować."

„To fakt w przypadku wszystkich osób, które uległy regresji, ale szczególnie w przypadku intelektualistów, takich jak Valentin. Są kluczem do naszej ewolucji, ale nie należy się nimi bawić. To czarne dziury prymitywnej wiedzy i powinniśmy zachować odpowiednią odległość."

Rozdział dwunasty

Splątanie Conrada było istotniejsze, niż początkowo sądziłem. Wszyscy wiemy, że za każdym razem, gdy podejmujemy się zarejestrowania jakiejś cennej informacji, istnieje możliwość sprzężenia zwrotnego, ale nigdy bym się nie spodziewał, że tak się stanie, gdy już sprzęgam zwrotnie. Po raz pierwszy widzę potrójne splątanie i niewiele mogę o tym powiedzieć, poza podzieleniem się z wami moją fascynacją. Wiedziałem o teoretycznym potrójnym splątaniu, ale za moich czasów nikomu się to nie udało. Wiem na pewno, że uwikłanie zaczęło się, gdy Conrad przekazał swoją wiedzę w tej sprawie. To znaczy, że do tego momentu moje myśli były tylko moje, ale potem wszystko, co powiedziałem w tym nagraniu, było przesiąknięte poglądami Conrada. Poprzedni rozdział i ten są więc koniunkcją mojego i jego myślenia, tak jakby on był obok mnie, doradzając mi, gdy nagrywam tę książkę. Czuję Conrada w myślach, kiedy to robię. To ekscytujące uczucie, podobne do słuchania dowcipu i powtarzania go lub oglądania poruszającego filmu, a następnie mówieniu o nim.

Odkładając na bok dygresję, zacznę od podkreślenia faktu, że skoro nie ma wiecznego dobra ani zła, współcześni filozofowie nie moralizują; po prostu przewidują, jakie będzie następne dobro. Podobnie jak myśliciele Wschodu sprzed pierwszego tysiąclecia, dzisiejsi filozofowie zawsze odnoszą swoje teorie do źródła, łącząc swoje myśli z istotą ewolucji, w której świat pozbawiony jest początku i siły kreacjonistycznej. Stąd zainteresowanie Conrada tą romantyczną opowieścią: bo zdaje się sięgać sedna ewolucji i odpowiadać na pytanie o naturę życia.

Zanim zagłębię się w historię, przedstawię Wam paradoks raju. To dobrze znany paradoks naszych czasów, który składa się z prostego pytania: dlaczego chcielibyśmy żyć w raju? Powodów, aby życzyć sobie nieba, było wiele, szczególnie w waszych czasach, ale stopniowo zanikały, aż dziś pozostaje nam głównie jedna odpowiedź: życie wieczne. Tak więc dla nas pytanie o raj jest pytaniem, czy chcemy żyć wiecznie i jak ta wieczność powinna wyglądać. Wielu twierdzi, że życie w nieskończoność jest z definicji piekłem, ponieważ definicja piekła to: stan, z którego nie możemy się wydostać i w którym nie możemy iść naprzód. Tak więc sporo myślicieli omija dziś ten paradoks, proponując: Nie ma raju, ponieważ doskonałość oznacza stagnację, a zatem piekło.

Niemniej jednak istnieją filozofowie, którzy spierają się o wieczność. Ich założeniem jest to, że jeśli wszyscy jesteśmy wiecznymi istotami, na przemian wprowadzanymi i wyprowadzanymi z życia, życie wieczne oznacza po prostu świadomość poprzednich stanów istnienia, przerywanych stanami bezczynnymi. W tym sensie wszyscy mamy zdolność stania się wiecznymi, gdybyśmy tylko mogli pamiętać nasze poprzednie życia. W tym scenariuszu raj to po prostu świadomość naszej wieczności i ulga, która się z tym wiąże. Tak samo jak gracz nie smuci się zbytnio, gdy przegrywa w grę wideo, ponieważ wie, że może zagrać w nią ponownie i lepiej. Taka jest teoria, która jest dzisiaj paradygmatem: Jesteśmy na drodze do wieczności dzięki naszym nieustannym wysiłkom ku całkowitej świadomości.

Istnieje trzecia teoria i choć jest najmniej popularna, to chyba najciekawsza, bo z niej rodzi się na nowo paradoks raju. Niektórzy filozofowie teoretyzują, że wieczność nie może być przerwana przez stany niebytu lub uśpionego bytu, ale musi to być stan ciągłej świadomości. Wyjaśniają, że sen jest atrybutem istot śmiertelnych, które potrzebują regeneracji i niejako resetowania się każdej nocy, odzwierciedlając w ten sposób zmienną istotę ich istnienia. Jednak byty wieczne nie mogą zmienić swojego istnienia, to znaczy nie mogą przestać istnieć, ale muszą być w stanie ciągłego bycia. Dlatego wieczni ludzie nigdy nie zasypialiby i nigdy nie umieraliby. Nie potrzebowaliby regeneracji, tylko stanów medytacyjnych lub kontemplacyjnych, aby uporządkować swoje myśli i wspomnienia. Ponieważ byliby poza śmiercią i snem, logiczne jest, że byliby w stanie decydować, kiedy i które wspomnienia wymazać, a nawet kontrolować swój rozwój biologiczny, starzejąc się lub stając się młodsi na żądanie. Ta teoria jest bardzo gładka, dopóki nie dojdziemy do pytania o raj: jak raj wyglądałby dla tych wiecznych? I tutaj ponownie wpadamy na nieunikniony paradoks: jeśli nie można umrzeć lub wyewoluować z tego stanu wieczności, w którym się znajduje, czy nie jest to po prostu zawiła wersja piekła? To prawda, że ci wieczni mogą zacząć od nowa, stając się młodszymi, aż staną się nowonarodzonymi dziećmi, wymazując całą swoją pamięć. Problem polega na tym, że, ponieważ są świadomi tego procesu odmładzania i pamięci pustej karty, w końcu stracą zainteresowanie jego utrwalaniem, tak samo jak gracz traci zainteresowanie graniem po pewnym czasie. Tak więc ta trzecia teoria staje się po prostu kompleksową wersją pierwszej: tylko piekło może być wieczne. Te wieczne istoty mogą momentami doświadczać raju, ale ich istnienie jest piekielne, ponieważ są uwięzione w bezsensownym stanie.

Paradoks raju leży u podstaw pytania egzystencjalnego i być może przypadkiem wpadłem na rozwiązanie, które dzięki wkładowi Conrada teraz sobie uświadamiam. Nie chcę wyciągać pochopnych wniosków, więc prześledzę łańcuch wydarzeń i linię argumentów, które doprowadziły do rozwiązania historii miłosnej Valentina. Może to zabrzmieć próżnie, ale dziś trudniej jest dojść do konkretnej konkluzji niż w waszych czasach, ponieważ przetwarzamy zbyt wiele informacji i czasami mamy do czynienia z ingerencją intelektualną, co ma teraz miejsce w moim przypadku. Z jednej strony wkład Conrada jest jak intelektualne rusztowanie, które pozwala mi naprawić moje budowanie poznawcze, ale przy okazji zwiększa niepewność, kiedy mam skończyć. W waszym czasie wykonujecie tylko kroki na przód, aż dojdziecie do wniosku, który następnie przedstawicie społeczeństwu. Jeśli wracacie na poprzednie kroki, robicie to później, by poprawić błędy we wnioskach lub nawet całkowicie wycofać się z pewnych teorii. Dzisiaj pozyskujemy nasze teorie crowdsourcingiem, a one są poprawiane podczas ich wymyślania. Musimy jednak uważać, aby nie pominąć żadnego kroku na ścieżce logicznej, ponieważ może to nas wprowadzić w błąd. Jestem więc bardzo ważnym ogniwem w łańcuchu intelektualnym, bo wiedza Conrada spleciona jest z moją. Bez względu na to, do jakiego wniosku dochodzę, będzie to odzwierciedlało przemyślenia Conrada, ponieważ myślimy teraz w tandemie. Mogę wprowadzać Conrada w błąd tak samo, jak on może mnie zwieść, a to jest wada pracy w uwikłaniu.

W tej chwili znam wniosek, do którego muszę dojść: historia miłosna Valentina i Mileny to przykład paradoksalnego raju, ale wciąż nie wiem, jak tam dotrzeć. Moim pierwszym założeniem jest to, że ich romans jest jak raj: pożądany stan. Pytania, które wynikają z tej przesłanki, brzmią: czy mogą swobodnie wyjść z tego stanu i czy mogą w nim iść do przodu? A jeśli tak, czy wyjdą z raju, czy w nim pozostaną? Czy może istnieć więcej niż jeden raj, czy jest on może właściwie sukcesją pożądanych stanów? Gdyby tak było, moglibyśmy uniknąć kwestii stagnacji raju, a może także kwestii wolności.

Rozdział trzynasty

Oto jedyna nagrana w całości rozmowa między Mileną a Valentinem, która miała miejsce sześć miesięcy po ich rozstaniu i która była odzyskana z sesji terapeutycznych Mileny:

(Szum tła wszechświata szybko pojawia się i zanika)

„Czy ty w ogóle mnie kochasz, Mileno? W co chorego ze mną pogrywasz? Wiem, że czujesz to samo co ja, więc dlaczego nie możemy po prostu zignorować reszty i być razem?"

„Pytasz mnie, czy cię kocham, ale od ciebie zależy odpowiedź. Po prostu zadaj sobie pytanie: co robiłam przez cały ten czas, jeśli nie było to kochanie ciebie? Czy nie czujesz mojej troski? Ale nie zawsze możesz dostać to, czego chcesz.... Czasami dostajesz to, czego potrzebujesz."

„Przestań cytować Rolling Stones, proszę. To jest poważne."

„Wiem, że to poważne, Valentinie, ale to nie znaczy, że musimy traktować to tak serio. Wiem, że obstawiamy w tym nasze osobiste szczęście, ale dystansowanie się od siebie zawsze pomaga podjąć najlepszą decyzję. Koniec zbliża się dla nas wszystkich, więc najlepsze, co możemy zrobić, to dodać trochę humoru do tej tragedii zwanej życiem".

„A humor jest ostatnim schronieniem ludzkości, ostatnią rzeczą, którą tracimy, tuż przed utratą nadziei. Powiedziałaś tak wtedy, kiedy byłem na ciebie zły, pamiętasz? A ty zażartowałaś i rozproszyłaś cały mój gniew. I przez to byłem jeszcze bardziej zły. Poczułem się urażony beztroską, z jaką podeszłaś do tak ważnego dla mnie tematu. Ale pokazałaś mi, że nie jestem aż tak ważny i za to dziękuję. Traktowałem siebie zbyt poważnie, ale myślę, że teraz rozumiem ciebie i resztę ludzi. Nie chodzi o to, że cię nic nie obchodzi. Chodzi o to, że nie możesz się niczym przejmować; inaczej zwariowałabyś. Nie ma sposobu na przywiązanie się do świata bez utraty rozumu. Więc przyjmijmy humor i poddajmy się naszym tragediom w szekspirowskim stylu."

„A ty pokazałeś mi inną drogę, Valciu, swoją własną. Żyjesz przestarzałą filozofią i starożytnymi pieśniami, jakby były zupełnie nowe. Wniosłeś w moje życie powiew świeżego powietrza. Bycie obok ciebie jest jak oglądanie życia oczami dziecka. Podziwiam cię, Valentinie. Jesteś wyjątkowy, a to wspaniała cecha w dzisiejszym społeczeństwie. Reszta z nas może nie mieć twoich dążeń ani beznadziejnych pragnień, ale też nigdy nie będziemy mieli twojego uroku... Teraz, o ile nie proszę o zbyt dużo, zagrasz mi piosenkę?"

„Mileno, łamiesz mi serce... Wiesz, że w każdej chwili oddałbym swój urok, żeby stać się normalnym i być z tobą. Nigdy nie zrozumiem, dlaczego zdecydowałaś się nie być ze mną. Tak łatwo jest się polubić i być razem. O czym trzeba myśleć poza własnym pragnieniem!... Ale zaśpiewam ci piosenkę:

Och, bezustna, bezduszna dziewczyno,

kiedy wydobędziesz to swoje serce

by sprowadzić je tutaj,

gdzie należy, obok mojego?

Och, ty nijaka, bezbarwna dziewczyno,

czy napiszesz własną piosenkę

zamiast zabierać moje

kradnąc okruchy mojej duszy!"

„To piękne, Valciu. Chciałabym mieć twój talent do odczuwania rzeczy."

„Tak naprawdę tego nie chcesz. Po prostu blefujesz. Żałuję, że nie masz mojego talentu i mojego bólu... i tylu innych rzeczy, których nie potrafię wymienić."

„Staraj się mnie nie nienawidzić."

„Ale ty nie rozumiesz. Chciałbym móc pokazać ci intensywność mojej nienawiści, ale wtedy nie byłoby cię już tutaj, żeby w końcu to zobaczyć."

„Nie mów tak, proszę. Starałam się, jak mogłam, żeby cię nie skrzywdzić. Musisz zrobić swoje, odpuszczając mnie."

„Łatwo jest tobie odpuścić. Bez problemu możesz znaleźć doskonałe dopasowanie, ale nie ma aplikacji do naprawienia mojego złamanego serca."

„Więc napraw to sam i przestań marudzić; to nie pasuje do ciebie. Narzekanie nie pasuje do żadnej wolnej osoby. Masz zdrowy umysł i silną wolę: wykorzystaj to dla własnego dobra."

„Szkoda, że nie mogę ich użyć, żeby umieścić cię sześć stóp pod ziemią na moim podwórku." „Cieszę się, że odzyskałeś swój humor. Ja też cię kiedyś kochałam, Valentinie, i nadal kocham. Pamiętaj o tym, miłość jest również w przestrzeni między nami. Po prostu oddychaj jej powietrzem i wydychaj rozczarowanie."

„Przestań cytować filozofię trzeciego tysiąclecia. Przeczytałem całą teorię i rozumiem mechanikę, ale robisz fałszywe założenie: zakładasz, że już umiem oddychać."

„Masz rację. Przestanę ci dawać kazania. Chcę tylko, żebyś wiedział, że jestem tutaj, kiedy mnie potrzebujesz, i że nie zerwałam ze względu na siebie tak bardzo, jak na ciebie. Jeśli nie zdajesz sobie z tego sprawy teraz, zobaczysz to za dziesięć lat, kiedy przyjdę do ciebie na twoje skinienie."

„Nie potrzebuję, żebyś była na moje zawołanie za dziesięć lat. Potrzebuję byś była teraz w pełni moja."

„Nie mogę, Valentinie. Przykro mi."

„Jeśli to tobie jest przykro a nie masz serca, wyobraź sobie, jak bardzo przykro jest mi".

„Nie muszę sobie tego wyobrażać. Czuję to. Nie jestem pozbawiona uczuć. Tylko przetwarzam je inaczej."

„Tak, przetworzone uczucia są jedynymi, których twoje ciało wydaje się pragnąć."

„Znowu masz rację, ale zlituj się nade mną; nie wybrałam taką być, tak samo jak ty nie wybrałeś być takim, jakim jesteś."

„Ale ja wybrałem ciebie, a ty nie wybrałaś mnie, i nigdy ci tego nie wybaczę."

„Nie proszę o twoje przebaczenie; tylko o twoje zrozumienie."

„Ale rozumiem, Mileno. Po prostu nie mogę tego zaakceptować. Zgadzam się z tobą logicznie, ale nie zgadzam się z tobą moralnie. Dla mnie jesteś tylko tchórzem. Nazwij to staromodną nazwą: obowiązek obywatelski lub poświęcenie; nazwij to mądrością, jeśli tak chcesz; ja po prostu nazywam to tchórzostwem."

„Strach jest w nas zakorzeniony. Proszę zrozum, że nie jestem ryzykantką."

„Ale to już jest bardzo jasne."

„Żegnaj, Valciu. Musisz już iść, proszę."

„Nie musisz błagać o moją nieobecność. Już mnie tu nie ma."

„Ale trzymaj się. Pamiętaj, że mi na tobie zależy."

„Tak, z daleka, jak zabójca dba o to, gdzie trafi jego kula."

„Jeśli ten zabójca pozwoliłby się trafić własną kulą, to tak, jestem taka jak on."

„Nie musisz. Nigdy bym cię nie skrzywdził. Właściwie, by cię chronić przed niebezpieczeństwem, zostanę zabłąkaną kulą."

„Nie rób tego, ale proszę idź sobie i zapomnij o mnie na chwilę. Dobrze ci to zrobi."

„Do widzenia, Mileno."

„Na razie, Valciu."

Rozdział czternasty

Od czasu do czasu odwiedzam Valentina. Stał się kompletnym troglodytą; nigdy nie opuszcza swojego domku w ujeżdżalni, a przy kilku okazjach, kiedy ma szansę przypadkowo spotkać się z uczniami jazdy konnej, zboczy z drogi, żeby się z nimi nie mijać. Nieraz zamienia tylko kilka słów z innymi opiekunami koni i trenerami, ale nawet to nie jest tak naprawdę konieczne w jego pracy, więc nikt nie śmie mu przeszkadzać; nikt oprócz mnie. Ośmielę się nawet nazwać siebie jego jedynym przyjacielem, więc nie mogłem pozwolić zostawić go samego w tym trudnym czasie. Przyznaję, że dla reszty z nas zerwanie nigdy nie jest wielkim problemem i nie wymaga wiele pocieszania ze strony przyjaciół ani pomocy psychologicznej, więc nie wiem, jak on się czuje, ale jego smutek jest tak wszechogarniający, że aż mnie się robi przykro.

Kiedy ostatnio go odwiedziłem, jego broda była dłuższa co najmniej o pięć centymetrów, czarna jak smoła, pofalowana i miękka jak jego włosy, które urosły mu prawie do ramion. Nigdy nie widziałem takiej brody w prawdziwym życiu. Muszę przyznać, że wraz z edycją genetyczną chorób przewlekłych i ogólnie niepożądanych cech, inżynieria genetyczna zadbała również o rzeczy płytsze, takie jak owłosienie na ciele. Większość dzisiejszych kobiet nie posiada owłosienia na ciele, ale niektórym mężczyznom wciąż wyrasta broda. To kwestia rasowa. Jak wspomniałem wcześniej, nie ma już różnic kulturowych; wszyscy dzielimy tę samą globalną kulturę. Ale nadal istnieją między nami różnice rasowe. Globalizacja dawno temu połączyła wszystkie rasy w jedną, ale dzięki inżynierii genetycznej niektóre geny recesywne nie tylko pozostały fenotypowe, ale stały się powszechne wśród pewnych grup. Bo w dzisiejszych czasach, jeśli chodzi o wartości społeczne i polityczne, opowiadamy się za homogenicznością, ale jeśli chodzi o rozrywkę, sztukę czy selekcję seksualną, opowiadamy się za heterogenicznością. W praktyce oznacza to, że ludzie zazwyczaj decydują się na przekazanie swoim dzieciom zmutowanego genu, który sprawi, że będą bardziej wyjątkowe. Mutacje w receptorze melanokortyny 1, które powodowały u niektórych osób rude włosy, lub mutacje w albinizmie oczno-skórnym 2, które powodowały u innych osób bielactwo lub niebieskie oczy, mają tendencję być przekazywane potomstwu, gdy pojawiają się recesywnie u obojga rodziców. Oznacza to, że praktycznie dziewięćdziesiąt dziewięć procent zapłodnień odbywa się in vitro, a tylko jeden procent ludzi decyduje się dziś na naturalne poczęcie. Ten jeden procent występuje wyłącznie w najbezpieczniejszych miejscach na Ziemi, gdzie naturalnie urodzeni ludzie mogą być leczeni z ewentualnych chorób, które mogą odziedziczyć. Bycie naturalnie urodzonym jest dziś również pożądane u partnerów, podobnie jak regresja, ale ten ostatni jest dziką kartą, ponieważ nie ma sposobu by go wyleczyć ani wykorzenić jego negatywnych cech, więc niewiele osób odważy się nawiązać relację z regresyjnymi ludźmi.

Wśród różnych dominujących ras, takich jak rudzielce, melanie, mezomelanie, albinosy, mezoalbinosy, mongołowie, biliverdini i blondyni, istnieją różne upodobania, jeśli chodzi o owłosienie ciała. Wśród kobiet wszystkich ras istnieje skłonność do całkowitego braku owłosienia na ciele, chociaż niektóre osoby decydują się przekazać swoim dzieciom, aby uczynić je wyjątkowymi, gen kodujący białko lipazy H, odpowiedzialny za włochatość. W przypadku mężczyzn istnieje większe upodobanie do włosów na ciele, zwłaszcza brody. Około dwudziestu procent mężczyzn ma subtelny zarost, ale tylko pięć procent jest w stanie zapuścić brodę, a większość z nich to mezomelanie, chociaż jest wśród nich również duża liczba blondynów.

Nigdy nie pytałem Valentina o jego rodziców, ale muszą być wyjątkowymi ludźmi, skoro zdecydowali się na pozostawienie mu takiej pięknej brody. Musiało być im trudno poradzić sobie z jego regresją i rozumiem, dlaczego on się odciął od rodziny. Nie jest łatwo utrzymać przyjaźń z Valentinem, więc wyobrażam sobie, jak ciężkie musiało być wychowanie go. Powiedział mi tylko, że opuścił dom, gdy miał dziewiętnaście lat i że odwiedza ich raz do roku. Wymieniają się wiadomościami, ale prowadzą tylko mało istotne pogawędki, a on opowiada im pozytywne rzeczy o swojej pracy. Nigdy nie dzieli się z nimi niczym związanym ze swoim życiem osobistym. „To najlepsi rodzice, o jakich mogłoby prosić normalne dziecko", powiedział mi kiedyś. „Po prostu nie chcę ich niepokoić swoim majaczeniem. Akceptują mnie takim, jakim jestem, ale nie do końca mnie rozumieją. Czasami sam nie całkiem rozumiem siebie."

Muszę przyznać, że zaskoczyło mnie to co dziś zrobiłem. Myślałem, że dam sobie radę i pozostanę neutralny. To, co uczynniłem, mieści się w kategorii pomocnictwa i podżegania do wykroczenia regresywnego, naruszenia prawa karanego grzywną i zakazem dalszego kontaktu z regresyjną osobą. Nie mogłem znieść porzucenia Valentina: powierzył mi niewygodną odpowiedzialność bycia jego najlepszym przyjacielem, kiedy tak lekkomyślnie mi się zwierzył. Uważajcie: To nie jest kwestia lojalności; dzisiaj w nią nie wierzymy. Nie wierzymy nawet w bezwarunkową miłość. Przyjaźń, tak samo jak każde inne związki, może dziś łatwo się rozpaść, jeśli jedna ze stron przekroczy granice zdrowej interakcji społecznej. To właśnie zrobił Valentin, kiedy błagał mnie, żebym zdradził mu, co wydarzy się w życiu Mileny. Nie wiedziałbym o tym nic, gdyby nie nagrania otrzymane od Conrada, więc czuję się podstępnie wmieszany w tę sytuację. Gdybym wcześniej wiedział o sprzężeniu Conrada, włożyłbym większy wysiłek w zachowanie zdrowego dystansu do Valentina. Po prostu nie spodziewałem się, że to spotkanie z nim będzie tak istotne dla mojego nagrania. Oryginalnie, ta powieść miała być narzędziem do ulepszania waszego społeczeństwa i inspirowania was do osiągnięcia harmonii z naturą i sobą nawzajem, ale Valentin wszedł w narrację, zwracając historię w zupełnie innym kierunku. Teraz rozumiem też ważną rolę, jaką Conrad odgrywa w tym wydarzeniu. Jest także wspólnikiem i w przyszłości pewnie spłaci swój dług. Ale mam więcej do stracenia niż on, więc jestem zmuszony popełnić przestępstwo. Nie przyznam się nikomu, że przekazałem Valentinowi informacje o Milenie, czyli, że majstrowałem przy ich przyszłości. Ten sekret umrze razem ze mną, bo w przeciwnym razie dostanę wysoki mandat i zakaz kontaktu z Valentinem przez okres nie krótszy niż dziesięć lat. Tchórzliwie chowam się za tym samym prawem, które złamałem, co oznacza, że nikt, kto przeczytał tę książkę, nie może ujawnić popełnionego przeze mnie przestępstwa. To nie jest luka prawna, ale po prostu symbol zaufania, na którym opiera się nasze obecne prawo. Tak samo, jak lekarz ufa swojemu pacjentowi, że zażyje przepisane mu lekarstwo, tak stróże prawa ufają nam, że będziemy szczerzy w naszych działaniach, ponieważ kary są sprawiedliwe, aby zrekompensować wyrządzone szkody, a nie są przykładne lub odwetowe. Zdaję sobie sprawę z nierównowagi karmicznej, tworzonej takim działaniem, która może wydawać wam się tylko mała falą na morzu. Ale taka fala może uwolnić dalsze spiętrzane reakcje i wywołać całkowity chaos.

Powiedziałem Valentinowi, że nadużywa naszej przyjaźni, prosząc mnie o coś, co muszę zachować w tajemnicy. Wyjaśniłem mu swoją trudną sytuację, ponieważ nie chciałem go porzucić i dlatego zaryzykowałem ujawnienie mu poufnych informacji. Ze swojej strony błagałem go, aby uszanował naszą przyjaźń i unikał ryzykownych tematów dotyczących przyszłości, ale nadal nalegał. Twierdził, że przyjaźń jest ponad prawem i że nie prosi mnie o oddanie za niego życia, ale o złamanie głupiego prawa, które może uratować mu życie. W swojej argumentacji miał i nie miał racji. Słusznie myśli, że prawo jest arbitralne, ponieważ ludzie bez regresji mogą wiedzieć o swojej przyszłości. Może wyglądać głupio, tak samo jak dla was wygląda dziki jeleń, gdy w popłochu ucieka na wasz widok. Ale jeleń nie zna waszych intencji, a taka reakcja może nie być aż tak niemądra, gdyby zamiast was napotkał myśliwego. Po prostu nie wiemy wystarczająco dużo o regresji, więc to głupie prawo jest niczym innym jak środkiem ostrożności, który jednak byłem zmuszony złamać. Powiedziałem Valentinowi coś, co wydawało mi się do tej chwili nieistotne, ale nabrało pełnego znaczenia, kiedy mi o tym wspominał. Wszystko stało się jasne, gdy zapytał: „Czy pozostanie mi wierna, nawet jeśli nie możemy być razem, czy opuści statek i spotka się z kimś innym?"

Wcześniej nie myślałem o tych warunkach. Rzeczywiście, zasadniczo opuścimy statek, gdy tonie; to najrozsądniejsza rzecz do zrobienia. Ale kiedy Valentin to wypowiedział, z jego wymownym wyrazem twarzy, zrozumiałem, że nie jest to jedyne wyjście; że wciąż mamy opcję: tonąć ze statkiem. Zastanówcie się nad tym chwilę, bo dla mnie to, co właśnie powiedział Valentin, brzmiało tak niestosownie, jak strajki głodowe organizowane w waszej epoce. W dzisiejszym społeczeństwie eutanazja jest prawem człowieka, więc można ją ogłaszać i dramatyzować tak bardzo, jak się tylko chce, ale nadal jest to własny indywidualny wybór. Nikt się nie wtrąca, chociaż nanoboty faktycznie mają skłonność do ratowania życia wbrew naszej woli: to kwestia zwyczajów. Ponieważ zwyczajowo w dziczy się dokonuje samobójstw, aby nie odbierać nanozasobów innym ludziom, którzy mogą ich rzeczywiście potrzebować. Jak wspomniałem wcześniej, ci, którzy popełniają samobójstwa, albo nie mają już chęci do życia, albo mają jakiś stan neurologiczny, który nie pozwala im już prawidłowo funkcjonować. Niemniej jednak wyobraźmy sobie, że postanawiam zostać tyranem i gnębić ludzi. Wiem, że mogą się zabić, więc potrzebuję innego wpływu niż zwykłej przemocy. Muszę dać im trochę zachęt, takich jak wygodne warunki do życia i możliwość zaspokojenia swoich biologicznych potrzeb. To system który Marks nazwał proletariatem. Jeśli ktoś zdecyduje się popełnić samobójstwo przez podcięcie żył lub zaprzestanie jedzenia, nadal będę miał kontrolę nad masą, która pozostanie tak wygodna jak żaby w rozgrzewającej się wodzie. Poza tym, jako środek protestu, zabicie siebie jest gorszym wyborem, ponieważ jest prawie równoznaczne z poddaniem się i wyjściem na tchórza. Strajki głodowe były wynikiem źle zrealizowanych planów dyktatorskich, czyli były błędną reakcją na zniekształcenia rzeczywistości.

Powiedziałem Valentinowi, że Milena będzie miała kochanka za dwa miesiące, ale to będzie tylko krótki romans, bo ostatecznie będzie z Valentinem. Myślałem, że ta wiadomość złagodzi jego niepokój i że on wymyśli przestarzałe romantyczne teorie, takie jak: „Jeśli coś kochasz, puść to wolno. Jeśli należy do ciebie, wróci." Ale reakcja Valentina pokazała mi, że regresja jest naprawdę nieprzewidywalna i nieuleczalna. Był bardzo zły w chwili, gdy mu o tym powiedziałem. Myślałem, że nie zrozumiał najważniejszej części, która dowiodła jego błędnego romantycznego myślenia, że „oni są przeznaczeni być razem". Myślałem, że zrozumiałem jego sposób rozumowania i że właśnie to było to co on chciał usłyszeć. Naprawdę sądziłem, że dałem mu środek uspokajający, a tymczasem było zupełnie przeciwnie. Ku mojemu zdumieniu, pobudzony powiedział: „Jeśli odważyła się być z innym mężczyzną, to właściwie oznacza, że nie jesteśmy przeznaczeni do bycia razem."

Byłem zdziwiony, ponieważ czytałem raporty, które wskazywały, że w końcu będą razem, ale po prostu pomyślałem, że Valentin później zmieni zdanie i wybaczy Milenie. Jednak natychmiast przeszedł mi dreszcz po plecach, gdy uświadomiłem sobie, że chyba zrujnowałem ich szczęśliwą przyszłość; że może Milena zdecydowałaby się nie mówić Valentinowi o swoim romansie z innym mężczyzną, co byłoby niezbędne aby ponownie byli razem. Nie wiedziałem, co powiedzieć, a zacząłem płakać, czego nigdy nie robiłem, z wyjątkiem filmów i śmierci mojego bliskiego dziadka:

„Wybacz mi, Valentinie – powiedziałem. – Proszę, znienawidź mnie zamiast jej. Nie powinienem był ci mówić o jej życiu osobistym. Nie miałem prawa".

„Bycie dobrym przyjacielem nie wymaga przebaczenia. I nadal sądzę, że Milena i ja powinniśmy być razem. Utwierdza mnie w tym fakt, że ujawniłeś mi to co ona ma zamiar zrobić, zanim będzie za późno."

Dopiero wtedy zrozumiałem cały zakres mojego błędu. Valentin spróbuje zmienić przyszłość, psując tkankę rzeczywistości: wolnej ewolucji. Spróbuje pominąć jeden krok: kochanek którego Milena potrzebuje by ostatecznie wybrać Valentina. Bez tego kroku byłoby to równoznaczne z porwaniem kogoś i zmuszeniem go, by był z nim w związku, tylko z przekonania, że są sobie przeznaczeni. Popędzanie naturalnego biegu czegoś jest tak poważnym błędem, że do naszej epoki nie stworzyliśmy praw przeciwko niemu, tak samo jak nie było prawa przeciwko ludobójstwu przed nazistowskim holokaustem. Albo tak samo, jak nie ma prawa zabraniającego picia i robienia kosmetycznych zabiegów na sobie, ponieważ wierzycie, że ludziom można pozwolić na korzystanie z własnej woli i że każdy wie lepiej, jak nie skończyć w upojeniu alkoholowym lub by nie wyglądać jak plastikowy potwór.

Próbowałem odwieść go od konfrontacji z Mileną, ale bezskutecznie. Postawiłem Valentinowi smutne ultimatum, że gdyby próbował ingerować w naturalny rozwój życia Mileny, byłbym zmuszony go więcej nie zobaczyć. Ze stoickim spokojem zaakceptował ten fakt i nie próbował zmienić mojego zdania. Powiedział nawet: „Wiem, że schodzę w miejsce ciemne i bez nadziei, i nie prosiłbym cię, żebyś za mną poszedł. O ile będzie mi brakowało twojego kojącego towarzystwa, to cieszę się, że rozstajemy się teraz jako przyjaciele i że w ostatnich dniach będę mógł powiedzieć, że był ktoś, kto naprawdę mnie rozumiał. Trzymaj się, Efrainie, a jeśli przeznaczenie znów nas połączy, mam nadzieję, że stanie się to w lepszych okolicznościach."

„Nie żegnajmy się, więc, Valentinie, -powiedziałem - jeśli naprawdę nic nie mogę zrobić, aby cię powstrzymać. Może ty masz rację we wszystkim, a ja przez cały ten czas się myliłem. Może byłem narzędziem tego przeznaczenia, w które mocno wierzysz. Byłbym szczęśliwy, gdyby tak było. Wtedy pozostałoby mi tylko życzyć ci powodzenia i mieć nadzieję na pomyślne zakończenie. Pożegnajmy się na razie, ale nie na zawsze."

„Tak, drogi przyjacielu. Na razie pożegnaj się. Ale przedtem pozwól, że ci zaśpiewam piosenkę, która mnie wycisza jak przypominam sobie jak daleko jestem od Mileny."

"Chętnie."

„Klify Moheru w zachwytu zieleni.
Abrazja swe dzieło oceanem tworzy.
Klify Tempe Mensa w czerwieni.
Marsjański łazik ten widok odtworzy.

W letnią noc Perseidy przelatują.
Na Marsie Deneb najjaśniej świeci.
Konstelacji widoki oczy radują.
Choć Łabędzia nigdzie nie odleci.

Przez Księżyc w pełni, lunatykuję.
Fobos i Dejmos też fazy swe mają.
Lunetą wyobraźni je obserwuję,
jak w imię strachu, urocze latają.
Na Ziemi czy też na odległej planecie
Piękno błyszczy w całym wszechświecie."

Rozdział piętnasty

(Dźwięk promieniowania kosmicznego rozbrzmiewa przez kilka sekund)

„Powiedz mi w pełni szczegółowo, Mileno, jak się odbywało wasze zaplanowane spotkanie!"

„Kiedy zbliżał się dzień naszego spotkania, zaproponowałam Valentinowi, byśmy się spotkali w nowym, odległym miejscu, by spojrzeć na nas z innej perspektywy. On się zgodził, ale mówił, że nie trzeba aż tak się dystansować by osiągnąć nowy punkt widzenia, więc zasugerował wydmy Krynicy Morskiej. Na miejsce można było przybyć jedynie pływakami. Powiedziano nam, że statkami byłoby niebezpiecznie, dlatego że mogłyby być zahaczone przez drapacze chmur, które wyłaniają się spod zatopionych miast na trasie na wyspę Krynica Morska. Miałam zamiar się przywitać, jakbyśmy widzieli się zaledwie dzień wcześniej i żadne z nas się nie zmieniło w ciągu ostatnich miesięcy. Jednak kiedy zobaczyłam go jak wylądował pływakiem i wysiadał z niego, poczułam jak uśpiona tęsknota budzi się i przytłacza mnie.

-Długo się nie widzieliśmy, Valentinie - powiedziałam.

A on: Chciałbym móc rzec to samo, ale od dawna widujemy się w moich koszmarach.

Ja: Szkoda, że nie pamiętam snów.

On: No szkoda, bo trzeba stanąć twarzą w twarz z potworem by go pokonać.

Ja: A więc jestem zmorą?

On: Być może, zmora dla mojego potwora.

Ja: Wiesz, że od ostatniego spotkania minęło Halloween i niedawno Walentynki?

On: Właśnie, poczekaj moment, muszę wrócić do pływaka, bo czegoś zapomniałem. Jak wrócę zaczniemy od początku.

Ja: Możemy zacząć nawet od środka.

Valentin poszedł do statku a jak wrócił trzymał bukiet przezroczystych piwonii. Świeżo cięte kwiaty, które na częściowo zachmurzonym niebie przybrały szaroniebieski odcień. Podał mi je nieśmiało, może dlatego, że kiedyś powiedziałam mu, co myślę o tym przykładzie pogańskiej ofiary.

Powiedział: Wytrzymaj ze mną chwilę, Mileno. Długo myślałem o tym przemówieniu, ale kiedy zobaczyłem twoje blond włosy unoszące się wokół twoich oczu w kolorze tych kwiatów, mój wymyślny monolog zupełnie się ulotnił i naszły do mnie słowa Tagore:

Na moim rozmarzonym niebie jesteś wieczorną chmurą
i pełną miłości, moja tęsknota cię kształtuje i maluje,
aż zostaniesz własnością moich bezkresnych snów.

Byłam tak bardzo wzruszona, że przez chwilę nie mogłam wydusić z siebie słowa. A on, nie czekając długo na moją reakcję, mówił dalej, jakby na polecenie niewidzialnego reżysera:

Wiesz, różowe róże były kiedyś najpopularniejszymi kwiatami. Były romantyczne nie tylko ze względu na ich wrodzone piękno, ale także dlatego, że dawały naszym umysłom możliwość fantazjowania. Ponieważ kolor różowy nie ma długości fali, widzimy tylko iluzję stworzoną przez nasze mózgi mieszające światło czerwone i fioletowe. Jednak mój kwiat jest bardziej prawdziwy, bo ma kolor nieba i twoich oczu, które są dla mnie tak realne, jak moja własna egzystencja.

Gdy w końcu odzyskałam siły, powiedziałam: Moje oczy też nie mają własnego koloru, Valentinie, a pozostają podatne na burzliwe niebo.

A jednak - mówił - ich kolor jest dla mnie żywszy niż wszystkie inne kolory, którymi faszerują się moje oczy.

A ja: Wystarczyłoby mi twoje „cześć."

Roześmiał się z całego serca, w sposób, który tylko on potrafi, i powiedział: No w takim razie, cześć! Jak się masz, Mileno?

Ja: O wiele lepiej teraz, gdy widzę, że jesteś beznadziejny w romansie. To rozwiewa jeden z moich lęków: to że z łatwością sprawisz, że kolejna dziewczyna się w tobie zakocha.

On: O to właśnie chodzi; romans jest prawdziwy tylko wtedy, gdy jest beznadziejny. To jak nieharmonijna symfonia grana dla jednej publiczności i drażniąca dla innej; a to jedyna pułapka, jaką znam, dopasowana dokładnie do ciebie.

Ja: Chyba masz na myśli, że jesteś magikiem, którego sztuczki działają tylko na mnie. Wokół nas ludzie widzą, jak głupio wyglądam, jak ulegam złudzeniu.

On: Wtedy mogą też zobaczyć, jak żałośnie wyglądam, zdradzając wszystkim swoje sekrety, tylko po to, by cię oczarować.

Ja: Jesteśmy więc kwita. Oboje tracimy wizerunek przed światem.

On: Straćmy więc go całkowicie. Nie lubię robić rzeczy połowicznie. Zacznij od ułożenia

swojego magnesu w drugą stronę aby już nie dochodziło do odpychania.

Ja: Ty to już zrobiłeś, kiedy zaburzyłeś prawa fizyki magnetyzując mnie. Przepraszam za cały ten czas, który zmarnowałeś czekając na mnie. Na szczęście jesteś wytrwały jak korona-wirus.

On: No wiesz, co cię nie zabije, to mutuje i próbuje przez kolejne sto lat.

Ja: Czy poczekałbyś sto lat na mnie?

On: Nie. Uratowałbym cię ponownie, tym razem przed tobą.

Ja: W takim razie cieszę się, że nie byłam przeciwko tobie zaszczepiona ...

Przez chwilę patrzyliśmy na siebie w ciszy. Potem ja kontynuowałam: Coś cię niepokoi, Valentinie. Nie brzmiało jak ty, gdy rozmawialiśmy ostatnio.

On: W porządku. Muszę uporać się z własnymi potworami.

Ja: Ale właściwie nie musisz. Chyba wiem, co się dzieje. Spojrzałam w swoją przyszłość. Przeczytałam raport Conrada o nas. Nie zrobiłabym tego w przeszłości, ale odkąd cię poznałam, myślę inaczej. To było z mojej strony nieodpowiedzialne, ale nie jestem już pewna co do odpowiedzialności. Prawdziwy rozwój niesie ze sobą ryzyko, a ja podjęłam swoje. Widziałam, że kogoś spotkam i będę się z nim widywać. Dowiedziałam się też, że nie będzie to nic poważnego, ale byłoby to coś, czego tak bardzo bym żałowała, że musiałabym to przed tobą ukryć. Nie podobała mi się ta wersja mnie. Gdyby nie ty, po prostu umówiłabym się z facetem, którego uważam za atrakcyjnego, a potem przyznałabym się mojemu stałemu partnerowi do tego jak postąpiłam. To właśnie zrobiłabym wobec każdego oprócz ciebie. W pewnym sensie twoja infantylność w nieakceptowaniu rzeczywistości pomaga mi być lepszą osobą. Fakt, że cię znam i wiem, że twoje ego nie mogłoby znieść, gdybym była z innym mężczyzną, skłania mnie do poświęcenia mojej swobody. Sprawiłeś, że uwierzyłam w poświęcenie, Valentinie. Zmieniłeś mnie.

On: Tylko żeby było jasne. Nie umówisz się z nim?

Ja: Jeszcze go nie znam, ale nie, nie będę się z nim umawiać.

On: Och Mileno, Mileno, pogodziłaś mnie ze sobą!

Ja: I ty pogodziłeś mnie z dziewiętnastowiecznymi książkami, a także piosenkami i filmami z dwudziestego pierwszego wieku.

On: Był to szczyt romantyzmu. Zanim ludzie zaczęli stawać się cynikami, przepraszam, to znaczy realistami.

Ja: W pewnym sensie wyprzedzasz swój czas, Valenciu. Tylko że wstecz.

On: To fajny sposób na określenie tego. Wiele osób po prostu nazywa mnie opóźnionym.

Ja: Bądźmy więc razem opóźnieni.

On: Nie opóźniłbym się z nikim innym niż ty."

....

„Mileno, cieszę się z twojej uczciwości. Ale naprawdę nie mogę zalecać takiego postępowania. W ten sposób kroczysz w ciemności. Czy jesteś pewna swoich obietnic złożonych Valentinowi?"

„Tak. Jestem pewna, tak jak byłam pewna, za pierwszym razem kiedy coś przed tobą ukryłam. Są rzeczy, które istnieją tylko w ciemności i chciałabym je zbadać."

„Skoro idziesz nieznaną mi ścieżką, będę musiała przerwać nasze sesje. Kiedy zdecydujesz się wrócić, proszę o natychmiastowy kontakt."

„Tak zrobię, doktorze."

Rozdział szesnasty

Valentin wywarł na mnie wielki wpływ, a przeze mnie na Erin. Obudziła się dzisiaj i powiedziała mi, kiedy jeszcze leżeliśmy w łóżku, że chce mieć dziecko. Nie ma w tym nic dziwnego, bo i tak planowaliśmy mieć w przyszłości. Po prostu jestem pewien, że zadziałał w niej pierwotny instynkt, kiedy zobaczyła, że jestem oddany mojemu przyjacielowi. Może ja jestem dla Valentina jedynym przyjacielem ale, z mojej strony, tylko z nim nawiązałem przyjaźń na podstawie emocji. Teraz rozumiem stare powiedzenie: Pieniędzy i przyjaciół nie powinno się mieszać. W dzisiejszym społeczeństwie pożyczanie pieniędzy przyjacielowi nie różni się od pożyczania nieznajomemu. W takiej transakcji zawsze dominuje odpowiedzialność i obiektywizm. Ale w przypadku Valentina wiem, że wstydziłbym się poprosić go o pieniądze, ale też popełniłbym dla niego zbrodnie, tak jak już to zrobiłem. Moja zmiana wywołała u Erin lekką zazdrość. Chce skierować moją uwagę na siebie i na planowanie dziecka. Rozmawialiśmy o tym. Doskonale zdaje sobie sprawę z tego uczucia w niej; uczucia, które wciąż odgrywa podświadomą rolę w waszym społeczeństwie. Zazdrość jest trucizną, ale można ją zażywać w mikrodawkach, aby uzyskać haj. Tak więc uzależniliśmy się z Erin, a narkotyk został dostarczony przeze mnie, kiedy pozwoliłem, że moje emocje związane z Valentinem rozegrały się same. Erin nie obwinia mnie za to, bo nie ma sensu. Mogłaby po prostu odejść, gdyby jej nie pasowało, ale została, pełna akceptacji. Teraz nadała Valentinowi przydomek: katalizator naszej miłości.

Ostatnie kilka miesięcy w pracy było wypełnione obserwacją dzikich koni, które w przeciwieństwie do mustangów są celowo wypuszczane na wolność w kopulastym ekosystemie Hellas Planitia. To miejsce zostało wybrane na pierwsze marsjańskie megamiasto, zwane Równiną Karahan, na cześć kolebki ziemskiej cywilizacji. Podobnie jak ich amerykańskie odpowiedniki, dzikie konie na Marsie szybko przystosowały się do życia w nowym środowisku, wykazując wyjątkową wytrzymałość na jego wrogość. Przez tysiąclecia konie były poddawane modyfikacjom genetycznym poprzez stosowanie technik hodowlanych dostosowanych do potrzeb użytkowych. Doprowadziło to do ogromnego spadku różnorodności tych zwierząt. Obecnie wykorzystujemy procesy inżynierii genetycznej, aby odzyskać ich korzystne utracone cechy, z których niektóre sięgają epoki eocenu. Uważnie przepisując lub wyłączając agresywne geny i dodając geny domowe, udało nam się stworzyć gatunek, który posiada usposobienie przyjaznych psów i skromny przyrost naturalny, co oznacza, że nie rozmnaża się w sposób niekontrolowany ani nie stanowi zagrożenia dla ludzi, jeśli zwierzęta podejdą z parków aż do granic miast.

Polecieliśmy do miasta dwa miesiące temu, więc zostałem odłączony od Valentina, z wyjątkiem sporadycznych wymian wiadomości. Przyzwyczajanie się do niskiego ciśnienia powietrza i mniejszej grawitacji przez pierwsze dwa dni było pracą na pełen etat, ale nanoegzoszkielety sprawiają, że jest to bardzo znośne i są poza tym tak wygodne jak spandex. Jedyną wadą jest to, że tłumią nasze wrażenia pogodowe, więc noszenie ich jest równoznaczne z noszeniem grubego płaszcza i maski termicznej w ujemnych temperaturach. Nigdy ich nie zdejmujemy, z wyjątkiem seksu, ale wtedy zdejmują się automatycznie w poszczególnych partiach w zależności od dotykanych stref erogennych, złączając się z egzoszkieletem partnera.

Właśnie zobaczyłem nagranie sesji terapeutycznej Mileny. Pojawiło się znikąd wśród innych raportów, jakbym je przeoczył. To jedyne dowody pozostawione, gdy przyszłość jest manipulowana: jacyś samotni świadkowie, tacy jak ja i Conrad, którzy uparcie mogliby bezskutecznie nalegać na pierwszą wersję rzeczywistości, o której wiedzieli. Ale nie sądzę, żeby Conrad był zaskoczony tą zmianą w kontinuum czasu rzeczywistości. Gdyby nie on, nic z tego by się nie wydarzyło, co sprawia, że spokojnie zrzucam całą winę na niego, czując się jak pionek w jego grze o przeznaczenie. Nie mogę odgadnąć jego intencji, więc muszę pokornie zaakceptować, że jego powody są poza moim zrozumieniem. Parafrazując stare powiedzenie: Niezbadane są wyroki ludzi z przyszłości.

Moja narracja dobiega końca, bo na razie nie mam nic więcej do powiedzenia. Valentin i Milena radzą sobie świetnie, ale ponieważ oboje mają teraz status regresji, postanowili osiedlić się w jednym z najbardziej odległych miejsc na Ziemi: meteorologicznej placówce w Andach w południowej Argentynie, zwanej Ojos de Cielo, Milena pomaga tam prowadzić badania nad zmianami klimatycznymi, podczas gdy Valentin spędza czas na komponowaniu piosenek i jeździe konnej. Być może niektóre z jego piosenek staną się kiedyś popularne, ale o tym Conrad nie wspomniał w swoich raportach.

Obiecałem Valentinowi, że pojedziemy ich odwiedzić, gdy tylko wrócimy z Marsa, co miało nastąpić za miesiąc, dopóki Erin nie miała kolejnego objawienia: To najlepsze miejsce do wychowania naszych dzieci. Lubi surowy wygląd tej planety i uważa, że nasze pociechy będą miały tu ciekawsze życie. „To nowy świat - powiedziała - a poza tym, trudno będzie przyzwyczaić się do nie noszenia egzoszkieletów na Ziemi. To by było jak nagość." „Co prawda, to prawda," powiedziałem i roześmialiśmy się. Od tego czasu podróżujemy po okolicy, poznając region i ogólnie dowiadując się o planecie. Im więcej wiemy, tym bardziej nam się tu podoba. Jeśli zdecydujemy się zostać, prawdopodobnie wybierzemy jedno z miast w Hellas, ale piękną opcją może być któreś z podziemnych megamiast wewnątrz wulkanów, takich jak Arsia czy Pavonis Mons. Nasze ciała oczywiście ucierpią z powodu aklimatyzacji, ale nie ma niczego, czego obecna medycyna nie może naprawić, a Erin jest naprawdę szczęśliwa, mogąc przyczynić się do badań nad problemami zdrowotnymi migracji międzyplanetarnej. Ja ze swojej strony jestem nastawiony na Hellę, ze względu na jej przepastne piękno i możliwość kontynuowania mojej obecnej pracy na koniach marsjańskich.

Moja pierwotna hipoteza, że harmonia jest wskazana, została poddana korekcie: Harmonia istnieje domyślnie, to znaczy w naturalny sposób dążymy do harmonii, co niekoniecznie czyni ją pożądaną, tak samo jak fakt, że dążenie do śmierci nie powoduje abyśmy jej pragnęli. Wiedząc, że ład zawsze będzie dominował, możemy go zakłócić, podobnie jak muzyk grający dysonansowe akordy. Oczywiście im więcej zakłóceń, tym bardziej nasze życie staje się napięte i znużone, więc naturalne jest unikanie tego i prowadzenie zrównoważonego, choć czasami nudnego życia. Nie mam nic prócz szacunku dla ludzi takich jak Valentin, którzy mają odwagę robić rzeczy, o których możemy tylko czytać i podziwiać je w starożytnej literaturze. Teraz rozumiem zasięg staroświeckiego powiedzenia: „Prawdziwe czytanie to pozwolenie, by książka zmieniła twoje życie." To więcej niż rozrywka dla ludzi w naszych czasach, tak samo jak w waszych, ale wy traktujecie to jeszcze poważniej. Celowo nie odrywając się od czytanych książek, decydujecie się je poczuć, zamiast je analizować. Rozumiecie je intuicyjnie, zanim zrozumieć je intelektualnie. Wybieracie pyszny owoc i pożeracie go, nawet nie pytając, jak się nazywa. Dzięki Valentinowi nauczyłem się szanować was wszystkich i wasz odważny sposób bycia. Wnioski z tej historii są do wyciągnięcia przez was lub do przedstawienia przez Conrada, ponieważ podejrzewam, że teraz on dowodzi tym nagraniem. Ze swojej strony mogę wam wszystkim być tylko wdzięczny, bo dzięki wam jestem mężczyzną realizującym swój potencjał obok kochającej i pięknej kobiety. Więc jeśli ktoś z was jest jednym z moich przodków: dziękuję za waszą genetyczną mądrość. Cokolwiek zrobicie światu, ufam wam w tym i, życząc wszystkim powodzenia, żegnam.

Rozdział siedemnasty

(Dźwięk kosmosu słychać ulotnie.)

Filozofia w czterdziestym piątym wieku nie ma racji bytu. Wszystkie możliwe prawdy zostały już ujawnione i jedyne, co nam pozostało, to spojrzeć na nie z innej strony. Niektórzy z was mogą martwić się o swoją najbliższą przyszłość: przeludnienie, odpornego globalnie wirusa, ocieplenie klimatyczne i wyczerpywanie się zasobów naturalnych. Inni z was nie mogą uciec przed egoistycznymi lękami, a jedynie maskują je jako ekologię, duchowość lub sumienie społeczne. Jeszcze inni nie potrafią uciec od swojej próżności, podszywając się pod weganizm, poprawność polityczną, kult sprawności czy dobrego samopoczucia psychicznego. Przez ostatnie kilka tysiącleci nasze myślenie było przesiąknięte nieustannym pozytywizmem, jakbyśmy dzięki czystej sile woli zawsze mogli znaleźć drogę do rozwoju. Ale ludzie tkwili w niższym kręgu ewolucyjnym na długo przed Efrainem i wami; od początku cywilizacji. Nie różnicie się zbytnio od Efraina. Jest po prostu mądrzejszy od was w większości rzeczy, ale nie może powiedzieć nic, czego nie jesteście w stanie zrozumieć. Jednak to, co powiem, może nie być dla was zrozumiałe. Nie powinienem wysyłać informacji zwrotnych dalej niż dwa tysiące lat wstecz, bo ten skok intelektualny może być zbyt wielki, by go wykonać, i najprawdopodobniej moje przesłanie zostanie źle zinterpretowane, a raczej nie mam narzędzi poznawczych do przekazania wiedzy.

Jeśli jednak opieramy się na pozytywnej definicji prawdy Efraina, powinniśmy zgodzić się, że jest ona z natury wieczna i niezmienna, a zatem nawet najsłabsze próby by wyraźnie ją zobaczyć zaowocują. Przeanalizujmy zatem ludzką naturę z tego popularnego pozytywistycznego punktu widzenia, w którym istnieje ostateczna rzeczywistość, którą można racjonalnie wyjaśnić. Obecnie żyjecie w dualistycznym społeczeństwie globalnym: jest duch i materia, które są niezbędne do życia. Większość z was jest czysto materialistyczna, to znaczy wierzy w postęp technologiczny tak samo jak Efrain. Niektórzy z was są czysto duchowi i wyrzekają się wszelkich materialnych korzyści swojej cywilizacji. Większość z was jest również pozytywistami, to znaczy wierzy w ewolucję intelektualną; chociaż poszukujecie głównie prawd materialnych i sprowadzacie duchowość do poziomu metaintelektualnego. Przechodzicie od duchowości do materializmu, jakbyście kierowali się od fikcji do rzeczywistości. W waszych umysłach i duszach jest rozłam. Historia Valentina i Mileny to sytuacja jak u Romea i Julii, a społeczeństwo, które nie może ich zabić, niczego od nich się nie nauczy i tak zaczyna swoją dekadencję. Ich prawda, która jest ich namiętnym zjednoczeniem, jest zbyt silna, by ją zniszczyć, ponieważ żyją w innej rzeczywistości. Społeczeństwo i świat który buduje się przez swój akt poznawczy nie ma więc nad nimi władzy. Chaos, który reprezentuje Valentin, mógł zostać uruchomiony tylko dzięki współpracy. Tak jak ogień potrzebuje zarówno materii, jak i energii, czyli tlenu, paliwa i ciepła, tak chaos potrzebuje materii i ducha. Duch Valentina nie wystarczył, by wywołać reakcję, ale potrzebował tlenu z przyzwolenia Mileny i paliwa jej miłości, by zapłonąć. Chaos jest katalizatorem ewolucji, ponieważ niszczy konserwatywne fundamenty społeczeństwa.

Ewolucja nie dba o całość, ale skupia się na jednostce. Dobrobyt społeczeństwa jest jedynie przeszkodą w osiągnięciu oświecenia i wolności. Przetrwanie najsilniejszych jest główną zasadą ewolucji: konserwatyści, którzy pozostają w tyle, giną.

Społeczeństwo Efraina było tylko waszą dopracowaną do perfekcji wersją, ale jego tkankę trzeba było rozerwać, aby ustąpić miejsca twórczej zmianie. Jezus powiedział: „poznacie prawdę, a prawda was wyzwoli", ale powinien był dodać: „ale to was unieszczęśliwi". Pierwsze pytanie brzmi, czy chcecie szczęścia, czy prawdy? W szczęściu chodzi tak właściwie o błogą ignorancję: zaakceptowanie sytuacji takiej jaką jest i zaprzestanie analizowania jej; zakochanie się w osobie, rzeczy lub sytuacji, akceptując to takimi, jakimi są i zmuszając swoją wolę do zadeklarowania, że są tym, czego potrzebujemy. To właśnie sprawia, że jesteśmy szczęśliwi.

Drugie pytanie brzmi, czym jest wolność i jak ją uzyskać? Dlaczego regresja jest konieczna do jej równania? Ponieważ z mądrością idzie więcej pewności, więcej umiejętności, a z tym się wiąże mniej wolności do wyboru złego. Głupi ludzie są z natury bardziej wolni, ale nie są świadomi swojej wolności. Z drugiej strony inteligentni ludzie mają mniej opcji, gdy kierują się swoim rozsądkiem, ponieważ wtedy są zmuszeni wybierać tylko to, co słuszne, nie mogąc wybrać złego. Dlatego pojawia się paradoks mądrości: prawda nas nie wyzwoli; po prostu zniewoli nas, jeśli wybierzemy tylko kierując się swoim intelektem. Właśnie dlatego Valentin jest tak istotny dla społeczeństwa Efraina, ponieważ celowo dokonuje złego wyboru, aby być wolnym. Postanowił trzymać się swojej pasji, co jest sprzeczne z ewolucyjnym paradygmatem epoki Efraina, opartym na rozsądku. Muszę przyznać, że gdyby nie moja interwencja, nie byłoby hollywoodzkiego zakończenia tej historii i romantyzm by nie zwyciężył. Valentin zrobiłby coś tragicznego po uświadomieniu sobie, że Milena nie była ideałem, za jaki ją uważał, a jego natura byłaby stonowana. Społeczeństwo czegoś by się nauczyło, a pozytywna ewolucja wygrałaby z prymitywną naturą. Ale to rozwiązanie pokazało, że regresja niekoniecznie powstrzymuje ewolucję, ale trzymając się prawdy w naszej naturze, faktycznie możemy odwracać bieg ewolucji, zmieniając jej paradygmat.

Dzieje się tak, ponieważ prawda objawia się w czystej formie i dlatego nie można jej wyjaśnić za pomocą środków zewnętrznych; można ją zrozumieć tylko wewnętrznie. Każda próba wyjaśnienia prawdy zaburza jej czystość i daje nam tylko wadliwą wersję jej pierwotnej postaci, tak samo jak foton zmienia się przez obserwację. Jednocześnie prawda, podobnie jak światło, rozprasza fałsz lub błąd obserwacji. Dlatego tylko dzięki czystej intuicji możemy poznać prawdę; kiedy położymy na niej nasze brudne ręce, aby ją uchwycić, jej delikatna natura zostanie zepsuta. Prawda Valentina była jego pragnieniem, które jest tylko świadomym apetytem. W paradygmacie Efraina to pragnienie uważano za wybór, ponieważ rozum był jak światło oświetlające drogę do prawdy. Prawda Efraina była substancją życia, którą można było pojąć za pomocą czystego rozumu. W swoim umyśle Valentin odszedł od substancji życiowej, wybierając coś złego i to było źródłem jego nieszczęścia. Jednak w alternatywnym paradygmacie, w którym nie jesteśmy całkowicie wolni, ale mamy swobodę działania w uniwersalnym organizmie zwanym wszechświatem lub naturą, nie ma prawd absolutnych. W grupie istot rozproszonych na dużym obszarze każdy widzi coś innego i wszyscy widzą jakąś prawdę. Również w tej grupie każda jednostka odzwierciedla wolę całości, ponieważ nie ma odrębnej natury. Wyobraźcie sobie po prostu mrówki pracujące zgodnie, bez jednego przywódcy. Ten wspólny umysł został osiągnięty w społeczeństwie Efraina, które jednak zachowało iluzję wolnej woli.

Jedynym sposobem na dalszą ewolucję jest zaakceptowanie faktu, że prawda jest nieistotna. Smutek nie jest więc także w naszej naturze, a jedynie konstrukcją społeczno-psychologiczną. Niektórzy ludzie mogą być smutni, gdy ktoś umiera, a inni mogą cieszyć się, że zmarli idą w lepsze miejsce. Albo, by podać prostszy przykład, są ludzie którzy mogą być szczęśliwi, jedząc hamburgera, podczas gdy inni mogą być smutni, że przez to krowa została zabita. Problem z tym paradygmatem nie polega na tym, że smutek istnieje, ale że współistnieje ze szczęściem, jak w przypadku wegetarianina który kocha hamburgery. Gdyby smutek istniał w oderwaniu od szczęścia, można by go było po prostu uniknąć, a można byłoby zawsze wybrać szczęście, co prawie miało miejsce w społeczeństwie Efraina. Ale życie nie istnieje bez śmierci, a przyjemność to tylko wymyślne określenie pożądanego bólu. Będąc racjonalnymi i działając zgodnie z transcendentną naturą unikamy smutku, ale także unikamy życia. Wtedy powstaje rajski paradoks: ludzie cnotliwi są mniej chaotyczni, bardziej niewrażliwi na bodźce zewnętrzne, to znaczy są tylko stworzeniami, a nie twórcami. Przewyższając naturę, tracą indywidualną wolność i stają się jedynie przedłużeniem natury. Ich działania są adekwatne, ale nie kreatywne.

Ponieważ jesteśmy naturą i wszystko, co istnieje, jest przedłużeniem nas samych, jedynym możliwym aktem stworzenia we wszechświecie jest bunt przeciwko sobie lub naszej naturze, czyli zebranie zakazanego owocu i rozpoczęcie wszystkiego od nowa. Jest tyle indywidualnych prawd, ile jest jednostek we wszechświecie, ale ostateczną prawdą jest wyrzeczenie się raju, który jest jedyną rzeczą, która nas wyzwoli. Podobnie jak Valentin, musimy sprzeciwić się naszej idealnej naturze, wzniosłym apetytom i po prostu pozwolić sobie na dobrowolny błąd. W ten sposób poświęcamy nasze szczęście, aby odrodzić się w wolności.

Dzisiejsze społeczeństwo odwróciło się od rzeczywistości Efraina. Odpowiadając na moje początkowe pytanie o znaczenie historii Valentina: Ludzka natura to chaos. Im bardziej jesteśmy chaotyczni, tym szybciej ewoluujemy, przynosząc ze sobą nieszczęście. Ewolucja to zatem bunt i cierpienie, a raj to akceptacja i stagnacja. Nic nie może ewoluować bez cierpienia i nic nie może się odrodzić bez śmierci. Jednak w schemacie naszego życia, mamy tendencję do unikania ewolucji tak samo, jak unikamy odrodzenia, ponieważ nienawidzimy cierpienia tak jak nienawidzimy umierania. Tylko w pewnych przypadkach przyjmujemy małe dawki cierpienia i śmierci, ale przez resztę czasu zachowujemy konserwatywne podejście do życia. W ten sposób ewolucja jest wolnym, stopniowym procesem; jedną ambiwalentną siłą prowadzącą donikąd.

Nikt z nas nie wie, dokąd idziemy,

ale niektórym z nas to się śpieszy.

www.ingramcontent.com/pod-product-compliance
Lightning Source LLC
LaVergne TN
LVHW050551160826
845677LV00011B/2273

* 9 7 8 8 3 6 5 9 9 7 7 3 9 *